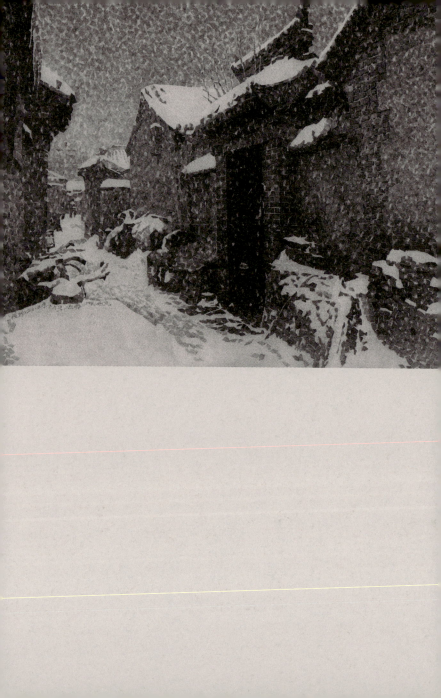

季淑那天头上戴着茉莉花冠。脚上穿的一双高跟鞋，为配合礼服，是粉红色缎子做的，上面缝了一圈的亮片，走起路来一闪一闪。因戒指太松而把戒指丢掉的不是她，是我，我不知在什么时候把戒指甩掉了，她安慰我说：『没关系，我们不需要这个。』

梁实秋

槐园梦忆

（全本）

梁实秋 著

况晗 绘

中国青年出版社

目录

吴冠 胡明 引题 水 胶 二00七

槐园梦忆

——悼念故妻程季淑女士

如果可能，我愿每日在这墓园盘桓，回忆既往，没有一个地方比槐园更使我时时刻刻的怀念。

一

季淑于一九七四年四月三十日逝世，五月四日葬于美国西雅图之槐园（Acacia Memorial Park）。槐园在西雅图市的极北端，通往包泽尔（Bothell）的公路的旁边，行人老远的就可以看见那一块高地，芳草如茵，林木翁郁，里面的面积很大，广袤约百数十亩。季淑的墓在园中之桦木区（Birch Area），地号是 16 — C — 33，紧接着的第十五号是我自己的预留地。这个墓园本来是共济会所创建的，后来变为公开，非会员亦可使用。园里既没有槐，也没有桦，有的是高大的枞杉和山杜鹃之属的花木。此地墓而不坟，墓碑有标准的形式与尺寸，也是平铺在地面上，不是竖立着的，为的是便利机车割草。基地一片草皮，永远是绿茸茸，经常有人修剪浇水。墓旁有一小喷水池，虽只喷涌数尺之高，但汩汩之泉其声呜咽，逝者如斯，发人深省。往远处看，一层层的树，一层层的山，天高云谲，瞬息万变；俯视近处，则公路蜿蜒，车如流水。季淑就是在这样的一个地方长眠千古。

"圣人忘情，最下不及情，情之所钟，正在我辈。"这是很平实的话。虽不必如荀粲之惑溺，或蒙庄之鼓歌，但夫妻胖合，一旦永诀，则不能不中心惨怛。"美国华盛顿大学心理治疗系教授霍姆斯设计一种计点法，把生活中影响我们的变异，不论好坏，依其点数列出一张表。"（见一九七四年五月份《读者文摘》中文版）在这张表上"丧偶"高列第一，一百点，依次是离婚七十三点，判服徒刑六十三点等等。丧偶之痛的深度是有科学统计的根据的。我们中国文学里悼亡之作亦屡屡见，晋潘安仁有《悼亡诗》三首：

荏苒冬春谢，寒暑忽流易。

之子归穷泉，重壤永幽隔！

私怀谁克从，淹留亦何益？

僶俛恭朝命，回心反初役。

望庐思其人，入室想所历。

帏屏无仿佛，翰墨有余迹。

流芳未及歇，遗挂犹在壁。

怅恍如或存，回惶忡惊惕。

如彼翰林鸟，双栖一朝支；

如彼游川鱼，比目中路析。

春风缘隙来，晨溜依檐滴。

寝兴何时忘，沉忧日盈积。

庶几有时衰，庄缶犹可击。

皎皎窗中月，照我室南端。

清商应秋至，溽暑随节阑。

凛凛凉风升，始觉夏衾单。

岂曰无垂纩，谁与同岁寒？

岁寒无与同，朗月何胧胧！

展转盼枕席，长簟竟床空！

床空委清尘，室虚来悲风。

独无李氏灵，仿佛睹尔容！

抚襟长叹息，不觉涕沾胸。

沾胸安能已，悲怀从中起。

寝兴目存形，遗言犹在耳。

上惭东门吴，下愧蒙庄子。

赋诗欲见志，零落难具纪。

命也可奈何，长戚自令鄙。

曜灵运天机，四节代迁逝。

凄凄朝露凝，烈烈夕风厉。

奈何悼淑俪，仪容永潜翳！

念此如昨日，谁知已卒岁！

改服从朝政，哀心寄私制；

茵帏张故房，朔望临尔祭。

尔祭讵几时，朔望忽复尽。

衾裳一毁撤，千载不复引。

亹亹期月周，戚戚弥相愍。

悲怀感物来，泣涕应情陨。

驾言陟东阜，望坟思纡轸。

徘徊墟墓间，欲去复不忍。

徘徊不忍去，徙倚步踟蹰。

落叶委埏侧，枯荄带坟隅。

孤魂独茕茕，安知灵与无？

投心遵朝命，挥涕强就车。

谁谓帝宫远，路极悲有余！

　　这三首诗从前读过，印象不深，现在悼亡之
痛轮到自己，环诵再三，从"重壤永幽隔"至"徘
徊墟墓间"，好像潘安仁为天下丧偶者道出了心声。
故录此诗于此，代摅我的哀思。不过古人为诗最重
含蓄蕴藉，不能有太多的细腻的写实的描述。例如，
我到季淑的墓上去，我的感受便不只是"徘徊不忍
去"，亦不只是"孤魂独茕茕"，我要先把鲜花插

好（插在一只半埋在土里的金属瓶里），然后灌满了清水；然后低声的呼唤她几声，我不敢高声喊叫，无此需要，并且也怕惊了她；然后我把一两个星期以来所发生的比较重大的事报告给她，我不能不让她知道她所关切的事；然后我默默的立在她的墓旁，我的心灵不受时空的限制，飞跃出去和她的心灵密切吻合在一起。如果可能，我愿每日在这墓园盘桓，回忆既往，没有一个地方比槐园更使我时时刻刻的怀念。

死是寻常事，我知道，堕地之时，死案已立，只是修短的缓刑期间人各不同而已。但逝者已矣，生者不能无悲。我的泪流了不少，我想大概可以装满罗马人用以殉葬的那种"泪壶"。有人告诉我，时间可以冲淡哀思。如今几个月已经过去，我不再泪天泪地的哭，但是哀思却更深了一层，因为我不能不回想五十多年的往事，在回忆中好像我把如梦如幻的过去的生活又重新体验一次。季淑没有死，她仍然活在我的心中。

季淑之母位居长嫂，俗云
"长嫂比母"，于是操持
家事，艰苦备尝，而周旋
于小姑、小叔之间，其含
辛茹苦更不待言。

二

　　季淑是安徽省徽州绩溪县人。徽州大部分是
山地，地瘠民贫，很多人以种茶为业，但是皖南的
文风很盛，人才辈出。许多人外出谋生，其艰苦卓
绝的性格大概和那山川的形势有关。季淑的祖父程
公讳鹿鸣，字苹卿，早岁随经商的二伯父到了京
师。下帷苦读，场屋连捷，后实授直隶省大名府知
府，勤政爱民，不义之财一芥不取，致仕时囊橐以
去者仅万民伞十余具而已。其元配逝时留下四女七
子，长子讳佩铭，字兰生，即季淑之父。后再续娶，
又生二子。故程府人丁兴旺，为旅食京门一大家
族。季淑之母吴氏，讳浣身，安徽歙县人，累世业

茶，寄籍京师。季淑之父在京经营笔墨店程五峰斋，全家食指浩繁，生活所需皆取给于是，身为长子者，为家庭生计而牺牲其读书仕进。季淑之母位居长嫂，俗云"长嫂比母"，于是操持家事，艰苦备尝，而周旋于小姑、小叔之间，其含辛茹苦更不待言。科举废除之后，笔墨店之生意一落千丈，程五峰斋终于倒闭。季淑父只身走关外，不久殁于客中。时季淑尚在髫龄，年方九岁，幼年失怙，打击终身。季淑同胞五人，大姐孟淑长季淑十一岁，适丁氏，抗战期间在川尚曾晤及，二姐仲淑、兄道立、弟道宽则均于青春有为之年死于肺痨。与母氏始终相依为命者，唯季淑一人。

季淑的祖父，六十岁患瘫痪，半身不遂而豪气未减，每天看报，看到贪污枉法之事，就拍桌大骂，声震屋瓦。雅好美食，深信"七十非肉不饱"之义，但每逢朔望，则又必定茹素为全家祈福，茹素则哽咽不能下咽，于是非嫌油少，即怪盐多。有一位叔父乘机进言："曷不请大嫂代表茹素，双方兼顾？"

一方是"心到神知"之神，一方是非肉不饱的老者。从此我的岳母朔望代表茹素，直到祖父八十寿终而后已。叔父们常常宴客，宴客则请大嫂下厨，家里虽有厨师，佳肴仍需亲自料理，灶前伫立过久，足底生茧，以至老年不良于行。平素家里用餐，长幼有别，男女有别，媳妇、孙女常常只能享受一些残羹剩炙。有一回，一位叔父扫除房间，命季淑抱一石屏风至户外拂拭，那时她只有十岁光景，出门而踏，石屏风破碎。叔父大怒，虽未施夏楚，但诃责之余，复命长跪。

季淑从小学而中学而国立北京女高师之师范本科，几乎在饔飧不继的情形之下，靠她自己努力奋斗而不辍学，终于一九二一年六月毕业。从此她离开了那个大家庭，开始她的独立的生活。

季淑接了电话，我报了姓名之后，她一惊，半晌没说出话来。我直截了当的要求去见面一谈，她支支吾吾的总算是答应我了。

三

　　季淑于女高师的师范本科毕业之后，立刻就得到一份职业。由于她的女红特佳，长于刺绣，她的一位同学欧淑贞女士任女子职业学校校长，约她去担任教师。我就是在这个时候认识她的。

　　我们认识的经过是由于她的同学好友黄淑贞（湘翘）女士的介绍，"取妻如何，匪媒不得"。淑贞的父亲黄运兴先生和我父亲是金兰之交，他是湖南沅陵人，同在京师警察厅服务，为人公正、率直而有见识，我父亲最敬重他。我当初之投考清华学校也是由于这位父执之极力怂恿。其夫人亦是健者，勤俭耐劳，迥异庸流。淑贞在女高师体育系，和季淑交称莫逆，我不知道她怎么想起把她的好友介绍给我。她没有直接把季淑介绍给我。她是浼她母亲（父已去世）到我家正式提亲作媒的。我在周末回家时，在父亲书房桌上信斗里发现一张红纸条，上面恭楷写着："程季淑，安徽绩溪人，年二十岁，一九〇一年二月十七日寅时生。"我的心一动。过些日我去问我大姐，她告诉我是有这么一回事，并且她说已陪母亲到过黄家去相亲，看见了程小姐。大姐很亲切的告诉我说："我看她人挺好，蛮斯文的，双眼皮，大眼睛，身材不高，腰身很细，好一头乌发，挽成一个髻堆在脑后，一个大篷覆着前额。我怕那篷下面遮掩着疤痕什么的，特地搭讪着走过去，一面说着'你的头发梳得真好'，一面掀起那发篷看看……"我赶快问："有什么没有？"她说："什么也没有。"我们哈哈大笑。

事后想想，这事不对，终身大事须要自作主张。我的两个姐姐和大哥都是凭了媒妁之言和家长的决定而结婚的。这时候是五四运动后两年，新的思想

013

打动了所有的青年。我想了又想，决定自己直接写信给程小姐问她愿否和我做个朋友。信由专差送到女高师，没有回音，我也就断了这个念头。过了很久，时届冬季，我忽然接到一封匿名的英文信，告诉我"不要灰心，程小姐现在女子职业学校教书，可以打电话去直接联络……"等语。朋友的好意真是可感，我遵照指示，大胆的拨了一个电话给一位素未谋面的小姐。

季淑接了电话，我报了姓名之后，她一惊，半晌没说出话来。我直截了当的要求去见面一谈，她支支吾吾的总算是答应我了。她生长在北京，当然说的是道地的北京话，但是她说话的声音之柔和清脆是我所从未听到过的。形容歌声之美往往用"珠圆玉润"四字，实在是非常恰当。我受了刺激，受了震惊，我在未见季淑之前先已得到无比的喜悦。莎士比亚在《李尔王》五幕三景有一句话：

Her voice was ever soft,

Gentle and low, an excellent thing in woman.

她的言语总是温和的，

轻柔而低缓，是女人最好的优点。

好不容易熬到会见的那一天！那是一个星期六午后，我只有在周末才能进城。由清华园坐人力车到西直门，约一小时，我特别感觉到那是漫漫的长途。到西直门换车进城。女子职业学校在宣武门外珠巢街，好荒凉而深长的一条巷子，好像是从北口可以望到南城根。由西直门走了半个多小时，终于找到了这条街上的学校。看门的一个老头儿引我进入一间小小的会客室。等了相当长久的时间，一阵唧唧哝哝的笑语声中，两位小姐推门而入。这两位我都是初次见面。黄小姐的父亲我是见过多次的，她的相貌很像她的父亲，所以我立刻就知道另一位就是程小姐。但是黄小姐还是礼貌的给我们介绍了。不大的工夫，黄小姐托故离去，季淑急得直叫："你不要走，你不要走！"我们两个互相打量了一下，随便扯了几句淡话。季淑确是有一头乌发，如我大姐所说，发髻贴在脑后，又圆又凸，而又亮晶晶的，一个松松泡泡的发篷覆在额前。我大姐不轻许人，她认为她的头发确实处理得好。她的脸上没有一点脂粉，完全本来面目，她若和一些浓妆艳抹的人出现在一起，会令人有异样的感觉。我最不喜欢上帝给你一张脸而你自己另造一张。季淑穿的是一件灰蓝色的棉袄，一条黑裙子，长抵膝头。我偷眼往桌下一看，发现她穿着一双黑绒面的棉毛窝，上面凿了许多孔，系着黑带子，又暖和又舒服的样子。衣服、裙子、毛窝，显然全是自己缝制的。她是百分之百的一个朴素的女学生。我那一天穿的是一件蓝呢长袍，挽着袖口，胸前挂着清华的校徽，穿着一双棕色皮鞋。好多年后季淑对我说，她喜欢我那一天的装束，也因为那是普通的学生样子。那时候我照过一张全身立像，我举以相赠，季淑一直偏爱这张照片，后来到了台湾，她还特为放大，悬在寝室。我在她入殓的时候把这张照片放进棺内，我对着她的尸体告别说："季淑，我没有别的东西送给你，你把你所最喜爱的照片拿去吧！它代表我。"

短暂的初次会晤大约有半小时。屋里有一个小火炉，阳光照在窗户纸上，使小屋和暖如春。这是北方旧式房屋冬天里所特有的一种气氛。季淑不是健谈的人，她有几分矜持，但是她并不羞涩。我起立告辞，我没有忘记在分手之前先约好下次会面的时间与地点。

下次会面是在一星期后，地点是中央公园。人类的历史就是由一个男人一个女人在一个花园里开始的。中央公园地点适中，而且有许多地方可以坐下来休息。唯一讨厌的是游人太多，像来今雨轩、春明馆、水榭，都是人挤人、人看人的地方，为我们所不取。我们愿意找一个僻静的亭子、池边的木椅或石头的台阶。这种地方又往往为别人捷足先登或盘据取闹。我照例是在约定的时间前十五分钟到达指定的地点。和任何人要约，我也不愿迟到。我通常是在水榭的旁边守候，因为从那里可以望到公园的门口。等人是最令人心焦的事，一分一秒的耗着，不知看多少次手表，可是等到你所期待的人远远的姗姗而来，你有多少烦闷也丢到九霄云外去了。季淑不愿先我而至，因为在那个时代，一个年轻女子只身在公园里踱着是会引起麻烦来的。就是我们两个并肩在路上行走，也常有些不三不四的人在吹口哨。

有时候我们也到太庙去相会，那地方比较清静，最喜的是进门右手一大片柏树林，在春暖以后有无数的灰鹤停驻在树颠，嘹唳的声音此起彼落，有时候轰然振羽破空而去。在不远处设有茶座，季淑最喜欢鸟，我们常常坐在那里对着灰鹤出神。可是季节一过，灰鹤南翔，这地方就萧瑟不堪，连坐的地方也没有了。北海当然是好去处，金鳌玉蝀的桥我们不知走过多少次数；漪澜堂是来往孔道，人太杂沓；五龙亭最为幽雅；大家挤着攀登的小白塔，我们就不屑一顾了。电影偶然也看，在"真光"看的飞来伯主演的《三剑客》。丽琳·吉施主演的《赖婚》至今印象犹新，其余的一般影片则我们根本看不进去。

　　清华一位同学戏分我们一班同学为九个派别，其一曰"主日派"，指每逢星期日则精神抖擞整其衣冠进城去做礼拜，风雨无阻，乐此不倦，当然各有各的崇拜偶像，而其衷心向往、虔心归主之意则一。其言虽谑，确是实情。这一派的人数不多，因为清华园是纯粹男性社会，除了几个洋婆子教师和若干教师眷属之外，看不到一个女性。若有人能有机缘进城会晤女友，当然要成为令人羡慕的一派。我自度应属于此派。可怜现在事隔五十余年，我每逢周末又复怀着朝圣的心情去到槐园墓地，捧着一束鲜花去做礼拜！

　　不要以为季淑和我每周小聚是完全无拘无束的享受。在我们身后吹口哨的固不乏人，不吹口哨的人也大都对我们投以惊异的眼光。这年轻轻的一男一女，在公园里彳亍而行，喁喁而语，是做什么的呢？我们格于形势，只能在这些公开场所谋片刻的欢晤。季淑的家是一个典型的大家庭，人多口杂。按照旧的风俗，一个二十岁的大姑娘和一个青年男子每周约会在公共场所出现，是骇人听闻的事，罪当活埋！冒着活埋的危险在公园里游憩啜茗，不能说是无拘无束。什么事季淑都没瞒着她的母亲，母亲爱女心切，没有责怪她，反而殷殷垂询，鼓励她，同时也警戒她要一切慎重，无论如何不能让叔父们知道。所以季淑绝对不许我到她家访问，也不许寄信到她家里。我的家简单一些，也没有那么旧，但是也没有达到可以公开容忍我们的行为的地步。只有我的三妹绣玉（后改亚紫）知道我们的事，并且同情我们，帮助我们。她们很快的成为好友，两个人合照过一张像，我保存至今。三妹淘气，有一次当众戏呼季淑为二嫂，后来季淑告诉我，当时好窘，但是心里也有一丝高兴。

事有凑巧，有一天我们在公园里的四宜轩品茗。说起四宜轩，这是我们毕生不能忘的地方。名为四宜，大概是指四季皆宜，"春有百花秋有月，夏有凉风冬有雪"。四宜轩在水榭对面，从水榭旁边的土山爬上去，下来再钻进一个乱石堆成的又湿又暗的山洞，跨过一个小桥便是。轩有三楹，四面是玻璃窗。轩前是一块平地，三面临水，水里有鸭。有一回冬天大风雪，我们躲在四宜轩里，另外没有一个客人，只有茶房偶然提着开水壶过来。在这里，我们初次坦示了彼此的爱。现在我说事有凑巧的一天是在夏季，那一天我们在轩前平地的茶座休息，在座的有黄淑贞。我突然发现不远一个茶桌坐着我的父亲和他的几位朋友。父亲也看见了我，他走过来招呼，我只好把两位小姐介绍给他。季淑一点也没有忸怩不安，倒是我觉得有些局促。我父亲代我付了茶资，随后就离去了。回到家里，父亲问我："你们是不是三个人常在一起玩？"我说："不，黄淑贞是偶然遇到邀了去的。"父亲说："我看程小姐很秀气，风度也好。"从此父亲不时的给我钱，我推辞不要，他说："拿去吧，你现在需要钱用。"父亲为儿子着想是无微不至的。从此父亲也常常给我劝告，为我出主意，我们后来婚姻成功多亏父亲的帮助。

　　一九二二年夏，季淑辞去女职的事，改任石驸马大街女高师附属小学的教师。附小是季淑的母校，校长孙世庆原是她的老师，孙校长特别赏识她，说她稳重，所以聘她返校任职。季淑果不负他的期望，在校成为最肯负责的教师之一，屡次得到公开的褒扬。我常到附小去晤见季淑，然后一同出游。我去过几次之后，学校的传达室工友渐感不耐，我赶快在节关前后奉上银饼一枚，我立刻看到了一张笑逐颜开的脸，以后见了我，不等我开口就说："梁先生您来啦，请会客室坐，我就去请程先生出来。"会客室里有一张鸳鸯椅，正好容两个人并坐。我要坐候很久，季淑才出来，因为从这时候起她开始知道修饰，每和我相见必定盛装。王右家是她这时候班上的学生之一。抗战爆发后我在天津罗努生、王右家的寓中下榻旬余日。有一天右家和我闲聊，她说：

　　"实秋你知道么，你的太太从前是我的老师？"

"我听内人说起过，你那时是最聪明美丽的一个学生。"

"哼，程老师是我们全校三十几位老师中之最漂亮的一位。每逢周末她必定盛装起来，在会客室晤见一位男友，然后一同出去。我们几个学生就好奇的麇集在会客室的窗外往里窥视。"

我告诉右家，那男友即是我。右家很吃一惊。我回想起，那时是有一批淘气的女孩子在窗外唧唧嘎嘎。我们走出来时，也常有蹦蹦跳跳的孩子们追着喊："程老师，程老师！"季淑就拍着她们的脑袋说："快回去，快回去！"

"你还记得程老师是怎样的打扮么？"我问右家。

右家的记忆力真是惊人。她说："当然。她喜欢穿的是上衣之外加一件紧身的黑缎背心，对不对？还有藏青色的百褶裙。薄薄的丝袜子，尖尖的高跟鞋。那高跟足有三寸半，后跟中细如蜂腰，黑绒鞋面，鞋口还锁着一圈绿丝线……"

我打断了她的话："别说了，别说了，你形容得太仔细了。"

于是我们就泛论起女人的服装。右家说：

"一个女人最要紧的是她的两只脚。你没注意么，某某女士，好好的一个人，她的袜子好像是太松，永远有皱褶，鞋子上也有一层灰尘，令人看了不快。"

我同意她的见解，我最后告诉她莎士比亚的一句名言："她的脚都会说话。"（见《脱爱勒斯与克莱西达》第四幕第五景）

右家提起季淑的那双高跟鞋，使我忆起两件事。有一次我们在公园里散步，后面有几个恶少紧随不舍，其中有一个人说："嘿，你瞧，有如风摆荷叶！"虽然可恶，我却觉得他善于取譬。后来我填了一首《卜算子》，中有一句"荷叶迎风舞"，即指此事。又有一次，在来今雨轩后面有一个亭子，通往亭子的小径都铺满了鹅卵石，季淑的鞋跟陷在石缝中间，扭伤了踝筋，透过丝袜可以看见一块红肿，在亭子里休息很久我才搀扶着她回去。

　　"五四"以后，写白话诗的风气颇盛。我曾说过，一个青年，到了"怨黄莺儿作对，怪粉蝶儿成双"的时候，只要会说白话，好像就可以写白话诗。我的第一首情诗，题为《荷花池畔》，发表在《创造》季刊，记得是第四期，成仿吾还不客气的改了几个字。诗没有什么内容，只是一团浪漫的忧郁。荷花池是清华园里唯一的风景区，有池有山有树有石栏，我在课余最喜欢独自一个在这里徘徊。诗共八节，节四行，居然还凑上了自以为是的韵。我把诗送给父亲看，他笑笑避免批评，但是他建议印制自己专用的诗笺，他负责为我置办，图案由我负责。这是对我的一大鼓励。我当即参考图籍，用双钩饕餮纹加上一些螭虎，画成一个横方的宽宽的大框，框内空处写诗。由荣宝斋精印，图案刷浅绿色。朋友们写诗的人很多，谁也没见过这样豪华的壮举。诗，陆续作了几十首，我给我的朋友闻一多看，他大喜若狂，认为得到了一个同道的知己。我的诗稿现已不存，只是一多所做《〈冬夜〉评论》一文里引录了我的一首《梦后》，诗很幼稚，但是情感是真的：

"吾爱啊！

你怎又推荐那孤单的枕儿，

伴着我眠，偎着我的脸？"

醒后的悲哀啊！

梦里的甜蜜啊！

我怨雀儿，

雀儿还在檐下蜷伏着呢！

他不能唤我醒——

他怎肯抛弃了他的甜梦呢？

"吾爱啊！

对这得而复失的馈礼，

我将怎样的怨艾呢？

对这缥缈浓甜的记忆，

我将怎样的咀嚼哟！"

孤零零的枕儿啊！

想着梦里的她，

舍不得不偎着你；

她的脸儿是我的花，

我把泪来浇你！

不但是白话，而且是白描。这首诗的故实是起于季淑赠我一个枕套，是她亲手缝制的，在雪白的绸子上，她用抽丝的方法在一边挖了一朵一朵的小花，然后挖出一串小孔穿进一根绿缎带，缎带再打出一个同心结。我如获至宝，套在我的枕头上，不大不小正合适。伏枕一梦香甜，蓦然惊觉，感而有作。其实这也不过是《诗经》所谓"寤寐无为，辗转伏枕"的意思。另外还有一首《咏丝帕》，内容还记得，字句记不得了。我与季淑约会，她从来不曾爽约，只有一次我候了一小时不见她到来。我只好懊丧的回去，事后知道是意外发生的事端使她迟到，她也是快快而返。我把此事告诉一多，他责备我未曾久候，他说："你不知道尾生的故事么？《汉书·东方朔传》注：'尾生，古之信士，与女子期于桥下，待之不至，遇水而死。'"这几句话给了我一个启示，我写了一首长诗《尾生之死》，惜未完成，仅得片断。

饭馆也恶作剧，竟选了一条一尺半长的活鱼，半烧半炸，两大盘子摆在桌上，我们两个面面相觑，无法消受。

四

两年多的时间过得好快，一九二三年六月我在清华行毕业礼，八月里就要放洋，这在我是一件很忧伤的事。我无意到美国去，我当时觉得要学文学应该留在中国，中国的文学之丰富不在任何国家之下，何必去父母之邦？但是季淑见事比我清楚，她要我打消这个想法，毅然准备出国。

行毕业礼的前些天，在清华礼堂晚上演了一出新戏《张约翰》，是顾一樵临时赶编的。戏里面的人物有两个是女的，此事大费踌躇，谁也不肯扮演女性。最后由吴文藻和我自告奋勇才告解决。我把这事告诉季淑，她很高兴。在服装方面向她请教，她答应全力帮助，她亲手为我缝制，只有鞋子无法解决，季淑的脚比我小得太多。后来借到我的图画教师、美籍黎盖特小姐的一双白色高跟鞋，在鞋尖处塞了好大一块棉花才能走路。我邀请季淑前去观剧，当晚即下榻清华，由我为她预备一间单独的寝室。她从来没到过清华，现在也该去参观一次。想不到她拒绝了。我坚请，她坚拒。最后她说："你若是请黄淑贞一道去，我就去。"我才知道她需要一个伴护。那一天，季淑偕淑贞翩然而至，我先领她们绕校一周，在荷花池畔徘徊很久，在亭子里休息，然后送她们到高等科大楼的楼上我所特别布置的一间房屋。那原是学生会的会所，临时送进两张钢丝床。工友送茶水，厨房送菜饭，这是一个学生所能做到的最盛大的招待。在礼堂里，我保留了两席最优的座位。戏罢，我问季淑有何感受，她说："我不敢仰视。"我问何故，她笑而不答。我猜想，是不是因为"良人者，所仰望而终身也，今若是"！好久以后问她，她说不是："我看你在台上演戏，我心里喜欢，但是我不知为什么就低下了头，我怕别人看我！"

清华的留学官费是五年，三年期满可以回国就业实习，余下两年官费可以保留，但实习不得超过一年。我和季淑约定，三年归来结婚。所以我的父母和我谈起我的婚事，我便把我和季淑的成约禀告。我的父母问我要不要在出国之前先行订婚，我说不必，口头的约定有充足的效力。也许我错误了。也许先有订婚手续是有益的，可以使我安心在外读书。

季淑的弟弟道宽在师大附中毕业之后，叔父们就忙着为他觅求职业。正值邮局招考服务人员，命他前去投考，结果考取了。季淑不以为然，要他继续升学。叔父们表示无力供给，季淑就说她可以担负读书费用。事实上季淑在女师附小任教的课余时间尚兼两个家馆，在董康先生、钟炳芬先生家里都担任过西席，宾主相得，待遇优厚，所以她有余力一面侍奉老母，一面供给弟弟，虽然工作劳累，但她情愿独力担起弟弟就学的负担。但是叔父们不赞成，明言要早日就业，分摊家用。他本人也不愿累及胞姐，乃决定就业。那份工作很重，后来感染结核之后力疾上班，终于不起。道宽就业不久，更严重的问题逼人而来。叔父们要他结婚，季淑乃挺身抗议，以为他的年纪尚小，健康不佳，应稍从缓。叔父们的意见以为授室之后才算是尽了提携侄辈的天职，于心方安；同时冷言讥诮："是不是你自己想在你弟弟之先结婚？"道宽怯懦，禁不起大家庭的压迫，遂遵命结婚。妻李氏，人很贤淑，不幸不久亦感染结核症相继而逝。

也许是一年多来我到石驸马大街去的回数太多了一点，大约五六十次总是有的。学生如王右家只注意到了程老师的漂亮，同事当中有几位有身世之感的人可就觉得看不顺眼。渐渐有人把话吹到校长孙世庆的耳里。孙先生头脑旧一些，以为青年男女胆敢公然缔交出入黉舍，纵然不算是大逆不道，至少是有失师道尊严，所以这一年夏天季淑就没收到续聘书。没得话说，卷铺盖。不同时代的人，观念上有差别，未可厚非。季淑也自承疏忽，不该贪恋那张鸳鸯椅，我们应该无间寒暑的到水榭旁边去见面；所以我们对于孙世庆没有怨言。倒是他后来敌伪时期做了教育局长，晚节不终，以至于明正典刑，我们为他惋惜。季淑决定乘我出国期间继续求学，于是投考国立美术专科学校，专习国画，晚间两个家馆的收入足可维持生活。榜发获捷，我们都很欢喜。

除了一盒精致信笺、信封以外，我从来没送过她任何东西。我深知她的性格，送去也会被拒。那一盒文具，也是在几乎不愉快的情形之下才被收纳的。可是在长期离别之前不能不有馈赠，我在廊房头条太平洋钟表店买了一只手表，在我们离别之前最后一次会晤时送给了她。我解下她的旧的，给她戴上新的，我说："你的手腕好细！"真的，不盈一握。

季淑送我一幅她亲自绣的《平湖秋月图》，是用乱针方法绣的，小小的一幅，不过 7 寸 × 10.2 寸，有亭有水有船有树，是很好的一幅图画，配色尤为精绝。在她毕业于女高师的那一年夏天，她们毕业班曾集体作江南旅行，由南京、镇江、苏州、无锡、上海以至杭州，所有的著名风景区都游览殆遍。我们常以彼此游踪所至作为我们谈话的资料。我们都爱西湖，她曾问我西湖八景之中有何偏爱，我说我最喜"平湖秋月"，她也正有同感。所以她就根据一张照片绣成一幅图画给我。那大片的水，大片的天，水草树木，都很不容易处理。我把这幅绣画带到美国，被一多看到，大为击赏。他引我到一家配框店选择了一个最精美而又色彩最调和的框子，悬在我的室中，外国人看了认为是不可想象的艺术作品。可惜半个世纪过后，有些丝线脱跳，色彩褪了不少，大致还是完好的。

我在八月初离开北京。临行前一星期我请季淑午餐，地点是劝业场三楼玉楼春。我点了两个菜之后要季淑点，她是从来不点菜的，经我逼迫，她点了"两做鱼"，因为她偶然听人说起广和居的两做鱼非常可口，初不知是一鱼两做。饭馆也恶作剧，竟选了一条一尺半长的活鱼，半烧半炸，两大盘子摆在桌上，我们两个面面相觑，无法消受。这件事我们后来说给我们的孩子听，都不禁呵呵大笑。文蔷最近在饭馆里还打趣的说："妈，你要不要吃两做鱼？"这是我们年轻时候的韵事之一。事实上她是最喜欢吃鱼，如果有干烧鲫鱼佐餐，什么别的都不想要了。在我临行的前一天，她在来今雨轩为我饯行，那一天又是风又是雨。我到了上海之后，住在旅馆里，创造社的几位朋友天天来访，逼我给《创造周报》写点东西，辞不获已，写了一篇《凄风苦雨》，完全是季淑为我饯行时的忠实记录，文中的陈淑即是程季淑。其中有这样的一段：

　　雨住了。园里的景象异常清新，玳瑁的树枝缀着翡翠的树叶，荷池的水像油似的静止，雪氅黄喙的鸭子成群的叫。我们缓步走出水榭，一阵土湿的香气扑鼻；沿着池边小径走上两旁的甬道。园里还是冷清清的，天上的乌云还在互相追逐着。

"我们到影戏院去吧，天雨人稀，必定还有趣……"她这样的提议。我们便走进影戏院。里面观众果似晨星般稀少，我们便在僻处紧靠着坐下。铃声一响，屋里昏黑起来，影片像逸马一般在我眼前飞游过去，我的情思也跟着像机轮旋转起来。我们紧紧的握着手，没有一句话说。影片忽的一卷演讫，屋里光线放亮了一些，我看见她的乌黑眼珠正在不瞬的注视着我。

"你看影戏了没有？"

她摇摇头说："我一点也没有看进去，不知是些什么东西在我眼前飞过……你呢？"

我笑着说："和你一样。"

我们便这样的在黑暗的影戏院里度过两个小时。

我们从影戏院出来的时候，蒙蒙细雨又在落着，园里的电灯全亮起来了，照得雨湿的地上闪闪发光。远远的听到钟楼的当当的声音，似断似续的波送过来，只觉得凄凉黯淡……我扶着她缓缓的步入餐馆。疏细的雨点——是天公的泪滴，洒在我们身上。

她平时是不饮酒的，这天晚上却斟满一盏红葡萄酒，举起杯来低声的说：

"祝你一帆风顺，请尽这一杯！"

我已经泪珠盈睫了，无言的举起我的一杯，相对一饮而尽。餐馆的侍者捧着盘子在旁边诧异的望着我们。

我们就是这样的开始了我们的三年别离。

季淑用我寄去的木炭和橡皮，画得格外起劲。同学们艳羡不置，季淑便以多余的分赠给她的好友们。

五

一九二三年九月一日我到达美国，随即前往科罗拉多泉去上学。那是一个山明水秀的风景地，也有的是伣兮燎兮的人物，但是我心里想的是：

出其东门，有女如云。
虽则如云，匪我思存。
缟衣綦巾，聊乐我员。

出其闉阇，有女如荼。
虽则如荼，匪我思且。
缟衣茹蘆，聊可与娱。

人心里的空间是有限的，一经塞满便再也不能填进别的东西。我不但游乐无心，读书也很勉强。

季淑来信报告我她顺利入学的情形，选的是西洋画系，很久时间都是花在素描上面；天天面对着石膏像，左一张右一张的炭画。后来她积了一大卷给我看，我觉得她画得相当好。她的线条相当有力，不像一般女子的纤弱。一多告诉我，素描是绘画的基本功夫，他在芝加哥一年也完全是炭画素描。季淑下半年来信说，她们已经开始画裸体模特儿了，男女老少的模特儿都有，比石膏像有趣得多。我买了一批绘画用具寄给她，包括木炭、橡皮、水彩、油料等等。这木炭和橡皮，比国内的产品好，尤其是那海绵似的方块橡皮，松软合用。国内学生用面包代替橡皮，效果当然不好。季淑用我寄去的木炭和橡皮，画得格外起劲。同学们艳羡不置，季淑便以多余的分赠给她的好友们。油画，教师们不准她们尝试，水彩还可以勉强一试。季淑有了工具，如何能不使用？偕了同学外出写生，大家用水彩，只有她有油料可用。她每次画一张画，都写信详告，我每次接到信，都仔细看好几遍。我写信给她，寄到美专，她特别关照过学校的号房工友，有信就存在那里，由她自己去取。有一次工友特别热心，把我的信转寄到她家里去。信放在窗台上，幸而没有被叔父们撞见，否则拆开一看，必定天翻地覆。

天翻地覆的事毕竟几乎发生。大约我出国两个月后，季淑来信，她的叔父们对她母亲说："大嫂，三姑娘也这么大了，老在外面东跑西跑也不像一回事，我们打算早一点给她完婚。××部里有一位科员，人很不错，年龄么……男人大个十岁八岁也没有关系。"这是通知的性质，不是商酌，更不是征求同意。这种情况早在我们料想之中，所以季淑按照我们预定计划应付，第一步是把情况告知黄淑贞，第二步是请黄家出面通知我的父母，由我父母央人出面正式作媒，同时由我作书禀告父母，请求作主，第三步是由季淑自己出面去恳求比较温和开通的八叔（缵丞先生），惠予谅解。关键在第三步。她不能透露我们已有三年的交往，更不能说已有成言，只能扯谎，说只和我见过一面，但已心许。八叔听了觉得好生奇怪，此人既已去美，三年后才能回来，现在订婚何为？假使三年之后有变化呢？最后他明白了，他说："你既已心许，我们也不为难你，现在一切作为罢论，三年以后再说。"这是最理想的结果。由于季淑的善于言辞，我们原来还准备了第四步，但是不需要了。可是此一波折，使我心情久久不能平复。

北京国立八校的教职员因政府欠薪而闹风潮，美专奉令停办。季淑才学了一年素描即告失学。一九二四年夏，我告别了风景优美的科罗拉多泉而进入哈佛研究院，季淑离开了北京而就教职于香山慈幼院。一九一七年熊希龄凭其政治地位领有香山全境，以风景最佳之"双清"为其别墅，以放领土地之收入举办慈幼院，由其夫人主持之。因经费宽裕，校址优美，慈幼院在北京颇有小名。季淑受聘是因为她爱那个地方。凡是名山胜水，她无不喜爱，这是她毕生的嗜好。在香山两年，她享尽了清福，虽然那里的人事复杂，一群蝇营狗苟的势利之辈环拱着炙手可热的权贵人家。季淑除了教书之外，一切不闻不问。她的宿舍离教室很远，要爬山坡，并且有数百级石阶，上下午各走一趟，但不以为苦。周末常约友好骑驴，游踪遍及八大处。西山一带的风景，她比我熟，因为她在香山有两年的勾留。

季淑的宿舍在山坡下，她的一间是在一排平房的中间，好像是第三个门。门前有一条廊檐。有一天阴霾四合，山雨欲来，一霎间乌云下坠，雨骤风狂。在山地旷野看雨，是有趣的事。季淑独在檐下站着，默默的出神，突然一声霹雳，一震之威几乎使她仆地，只见熊熊一团巨火打在离她身边不及十余尺的石桌石凳之上，白石尽变成黑色，硫磺的臭味历久不散。她说给我听，犹有余悸。

我们通信全靠船运，需十余日方能到达，但不必嫌慢，因为如果每天写信隔数日付邮，差不多每隔三两天都可以收到信。我们是每天写一点，积一星期可得三数页，一张信笺两面写，用蝇头细楷写，这样的信收到一封可以看老大半天。三年来我们各积得一大包。信的内容有记事，有抒情，有议论，无体不备。季淑把我的信收藏在一个黑漆的首饰匣里，有一天忘了锁，钥匙留插在锁孔里。大家唤做小方的一位同事大概平素早就留心，难逢的机会焉肯放过，打开匣子开始阅览起来，临走还带了几封去。小方笑呵呵的把信里的内容背诵几段，季淑才发现失窃。在几经勒索、要挟之下才把失物赎回。我曾选读"伯朗宁与丁尼孙"一门功课，对伯朗宁的一首诗 *One Word More* 颇为欣赏，我便摘了下列三行诗给季淑看：

God be thanked, the meanest of his creatures

Boasts two soul-sides, one to face the world with,

One to show a woman when he loves her.

感谢上帝，他的最卑微的生人

也有两面的灵魂，一面对着世人，

一面给他所爱的女人看。

不过伯朗宁还是把他的情诗公诸于世了。我的书信
不是预备公开的，于一九四八年冬离家时付之一炬。
小方看过其中的几封信，不知道她看的时候心中有
何感受。

银链桥
王瑞 二〇〇五

正喘息间，一个卖烂酸梨的乡下人担着挑子走了过来，里面还剩有七八只梨，我们便买了来吃。在口燥舌干的时候，烂酸梨有如甘露。

六

三年的工夫过去了。一九二六年七月间，"麦金莱总统"号在黎明时抵达吴淞口外抛锚候潮，我听到青蛙鼓噪，我看到滚滚浊流，我回到了故国。我拿着梅光迪先生的介绍信到南京去见胡先骕先生，取得国立东南大学的聘书，就立刻北上天津。我从上海致快函给季淑，约她在天津会晤，盘桓数日，然后一同返京。她不果来，事后她向我解释："名分未定，行为不可不检。"我觉得她的想法对，不能不肃然起敬。邓约翰（John Donne）有一首诗《出神》（*The Extasie*），其中有两节描写一对情侣的关系，真是恰如分际：

Our hands were firmly cimented

    With a fast balme, which thence did spring,

Our eye-beams twisted, and did thred

    Our eyes, upon one double string;

So to' entergraft our hands, as yet

    Was all the means to make us one,

And pictures in our eyes to get

    Was all our propagation.

我们的手牢牢的握着，

    手心里冒出黏黏的汗，

我们的视线交缠，

    拧成双股线穿入我们的眼；

两手交接是我们当时

    唯一途径使我们融为一体，

眼中倩影是我们

    所有的产生出来的成绩。

久别重逢，相见转觉不能交一语。季淑说："华，你好像瘦了一些。"当然，怎能不瘦？她也显得憔悴。我们所谈的第一桩事是商定婚期，暑假内是不可能，因为在八月底我要回到南京去授课，遂决定在寒假里结婚。这时候有人向香山慈幼院的院长打小报告："程季淑不久要结婚了，下半年的聘书最好不要发给她。"季淑不欲在家里等候半年，需要一个落脚处。她的一位朋友孙亦云女士任公立第三十六小学校长，学校在北新桥附近府学胡同，承她同情，约请季淑去做半年的教师。

我到香山去接季淑搬运行李进城是一件难忘的事。一清早我雇了一辆汽车，车身高高的，用曲铁棍摇半天才能发动引擎的那样的汽车，出城直奔西山，一路上汽车喇叭呜呜叫，到达之后她的行李早已预备好，一只箱子放进车内，一个相当庞大的铺盖卷只好用绳子系在车后。我们要利用这机会游览香山。季淑引路，她非常矫健，身轻似燕，我跟在后面十分吃力，过了双清别墅已经气喘如牛，到了半山亭便汗流浃背了。季淑把她撑着的一把玫瑰紫色的洋伞让给我，也无济于事。后来找到一处阴凉的石头，我们坐了下来。正喘息间，一个卖烂酸梨的乡下人担着挑子走了过来，里面还剩有七八只梨，我们便买了来吃。在口燥舌干的时候，烂酸梨有如甘露。抬头看，有小径盘旋通往山巅，据说有十八盘，山巅传说是清高宗重阳登高的所在，旧名为重阳亭，实际上并没有亭子，如今俗名为"鬼见愁"。季淑问我有无兴趣登高一望，我说鬼见犹愁，我们不去也罢。她是去过很多次的。

我们在西山饭店用膳之后，时间还多，索性尽一日之欢，顺道前往玉泉山。玉泉山是金、元、明、清历代帝王的行宫御苑，乾隆写过一篇《玉泉山记》。据说这里的水质优美，饮之可以长寿，赐名为"天下第一泉"。如今宫殿多已倾圮，沦为废墟，唯因其已荒废，掩去了它的富丽堂皇的俗气，较颐和园要高雅得多。我们一进园门就被一群穷孩子包围，争着要做向导，其实我们不需向导，但是孩子们嚷嚷着说："你们要喝泉水,我有干净杯子;你们要登玉峰塔,我给你们领取钥匙……"无可奈何,拣了一个老实相的小孩子。他真亮出一只杯子,在那细石流沙、绿藻紫荇历历可数的湖边喷泉处舀了一杯泉水,我们共饮一杯,十分清洌。随后我们就去登玉峰塔。塔在山顶,七层九丈九尺,盘旋拾级而上,嘱咐小孩在下面静候。我们到达顶层,就拂拂阶上的尘土,坐下乘凉,真是一个好去处。好像不大的工夫,那孩子通通通的蹿上来了,我问他为什么要上来,他说他等了好久好久不见人下来,所以上来看看。于是我们就拾级而下,我对季淑说:"你不记得我们描过的红模子么?'王子去求仙,丹成上九天。洞中方七日,人世几千年。'塔上面和塔下面时间过得快慢原不相同。"相与大笑。回到城里,我送季淑到黄淑贞家,把行李卸下我就走了,以后我们几次晤见是在三十六小学。

暑假很快的过去,我到南京去授课。在东南大学校门正对面有一条小巷,蓁巷,门牌四号是过探先教授新建的一栋平房，召租。一栋房分三个单位，各有四间。房子不肯分租，我便把整栋房子租了下来，一年为期。我自占中间一所，右边一所分给余上沅、陈衡粹夫妇，左边一所分给张景钺、崔芝兰夫妇，三家均摊房租，三家都是前后准备新婚。我搬进去的第一天，真是家徒四壁，上沅和我天天四处奔走购置家具等物。寝室墙刷粉红色，书房淡蓝色。有些东西还需要设计定制。足足忙了几个月，我写信给季淑："新房布置一切俱全，只欠新娘。"房子有一大缺点，寝室后边是一大片稻田，施肥的时候必须把窗紧闭，生怕这一点新娘子感到不满。

南京冬天也相当冷，屋里没有取暖的设备。季淑用蓝色毛绳线给我织了一条内裤，由邮寄来。一排四颗黑扣子，上面的图案是双喜字。我穿在身上说不出的温暖，一直穿了几十年。这半年季淑很忙，一面教书一面筹备妆奁，利用她六年来的积蓄置办了四大楠木箱的衣物，没有一个人帮她一把忙。

季淑那天头上戴着茉莉花冠。脚上穿的一双高跟鞋，为配合礼服，是粉红色缎子做的，上面缝了一圈的亮片，走起路来一闪一闪。

七

我们结婚的日子是一九二七年二月十一日，行礼的地点是北京南河沿欧美同学会。这是我们请出媒人正式往返商决的。婚前还要过礼，亦曰"放定"，言明一切从简，那两只大呆鹅也免了，甚至许多人所期望的干果、饼饵之类也没有预备。只有一具玉如意，装在玻璃匣里，还有两匣首饰，由媒人送到女家。如意是代表什么，我不知道，有人说像灵芝，取其吉祥之意，有人则说得很难听。这具如意是我们的传家之宝，平常高高的放在上房条案上的中央，左金钟，右玉磬，永远没人碰的。有了喜庆大事，才拿出来使用，用毕送还原处。以我所知，在我这回订婚以后还没有使用过一次。新娘子服装照例由男家准备，我母亲早已胸有成算，不准我开口。母亲带着我大姐到瑞蚨祥选购两身衣料，一身上衣与裙是粉红色的缎子，行婚礼时穿，一身上衣是蓝缎，裙子是红缎，第二天回门穿。都是全身定制绣花。母亲说若是没有一条红裙子，便不能成为一个新娘子；她又说冬天冷，上衣非皮毛不可，于是又选了两块小白狐。衣服的尺寸由女家开了送来，我母亲一看大惊："一定写错了，腰身这样小，怎穿得上！"托人再问，回话说没错，我心中暗暗好笑，我早知道没错。棉被由我大姐负责缝制，她选了两块被面，一床洋妃色，一床水绿色，最妙的是她在被的四角缝进了干枣、花生、桂圆、栗子四色干果，我在睡觉的时候硌了我的肩膀，季淑告诉我这是取吉利，"早生贵子"之意。季淑不知道我们备了枕头，她也预备了一对，枕套是白缎子的，自己绣了红玫瑰花在角上，鲜艳无比，我舍不得用，留到如今。她又制了一个金质的项链，坠着一个心形的小盒，刻着我们两个的名字。这时候我家住在大取灯胡同一号，新房设在上屋西套间，因为不久要到南京去，所以没有什么布置，只是换了新的窗幔，买了一张新式的大床。

结婚那天，晴而冷。证婚人由我父亲出面请了贺履之（良朴）先生担任，他是我父亲一个酒会的朋友，年高有德，而且是山水画家，当时一位名士。本来熊希龄先生曾对季淑自告奋勇愿为证婚，我们想想还是没有劳驾。张心一、张禹九两位同学是男傧相，季淑的美专同学孪生的冯棠、冯棣是女傧相。两位介绍人，只记得其一姓翁。主婚人是我父亲和季淑的四叔梓琴先生。

婚礼订在下午四时举行，客人差不多到齐了，新娘不见踪影。原来娶亲的马车到了女家，照例把红封从门缝塞进去之后，里面传话出来要递红帖："没有红帖怎行？我们知道你是谁？"事先我要求亲迎，未被接纳，实不知应备红帖。僵持了半天，随车的人员经我父亲电话中指示临时补办，到荣宝斋买了一份红帖请人代书，总算过了关。可是彩车到达欧美同学会的时候暮霭渐深。这是意外事，也是意中事。

我立在阶上，看见季淑从二门口由两人扶着缓缓的沿着旁边的游廊走进礼堂，后面两个小女孩牵纱。张禹九用胳膊肘轻轻触我说："实秋，嘿嘿，娇小玲珑。"我觉得好像有人在我耳边吟唱着彭士（Robert Burns）的几行诗：

> She is a winsome wee thing,
>
> She is a handsome wee thing,
>
> She is a lovesome wee thing,
>
> > This sweet wee wife o'mine.
>
> 她是一个媚人的小东西，
>
> 她是一个漂亮的小东西，
>
> 她是一个可爱的小东西，
>
> > 我这亲爱的小娇妻。

事实上凡是新娘没有不美的。萨克令（Sir John Suckling）的一首《婚礼曲》（*A Ballad upon a Wedding*）就有几节很好的描写：

> The maid and thereby hangs a tale;
> For such a maid no Whitsun-ale,
> 　　Could ever yet produce;
> No grape, that's kindly ripe, could be,
> So round, so plump, so soft as she,
> 　　Nor half so full of juice.
>
>
> Her finger was so small the ring,
> Would not stay on, which they did bring,
> 　　It was too wide a peck;
> And to say truth (for out it must),
> It looked like the great collar (just)
> 　　About our young colt's neck.

Her feet beneath her petticoat,

Like little mice stole in and out,

As if they feared the light;

But oh, she dances such a way,

No sun upon an Easter day

Is half so fine a sight!

Her cheeks so rare a white was on,

No daisy makes comparison;

(Who sees them is undone),

For streaks of red were mingled there,

Such as are on a Katherene pear,

(The side that's next the sun).

Her lips were red, and one was thin,

Compared to that was next her chin

(Some bee had stung it newly);

But, Dick, her eyes so guard her face

I durst no more upon them gaze,

    Than on the sun in July.

Her mouth so small, when she does speak,

Thou'dst swear her teeth her words did break,

    That they might passage get;

But she so handled still the matter,

They came as good as ours, or better,

    And are not spent a whit.

讲到新娘（说来话长），

像她那样的姑娘，

    圣灵降临的庆祝会里尚未见过；

没有树熟的葡萄像她那样红润，

那样圆，那样丰满，那样细嫩，

    汁浆有一半那样的多。

她的手指又细又小，

戒指戴上去就要溜掉，

因为太松了一点；

老实说（非说不可），

恰似小驹的颈上套着

　　一只大的项圈。

她裙下露出两只脚，

老鼠似的出出进进的跑，

　　像是怕外面的光亮；

但是她的舞步翩翩，

太阳在复活节的那一天

　　也没有那样美的景象！

她的两颊白得出奇，

没有雏菊能和她相比

　　（令人一见魂儿飞上天了）；

因为那白里还带着红色，

活像是枝头的小梨一个

　　（朝着太阳的那一边）。

她的唇是红的；一片很薄，

挨近下巴的那片就厚得多

　　（必是才被蜜蜂螫伤）；

但是，狄克，她的两眼保护着脸

我不敢多看一眼，

　　有如对着七月的太阳。

她的嘴好小，说起话来，

她的牙齿要把字儿咬碎，

　　以便从嘴里挤送出去；

但是她处理得很得法，

谈吐不比我们差，

　　而且一点也不吃力。

　　季淑那天头上戴着茉莉花冠。脚上穿的一双高
跟鞋，为配合礼服，是粉红色缎子做的，上面缝了
一圈的亮片，走起路来一闪一闪。因戒指太松而把
戒指丢掉的不是她，是我，我不知在什么时候把戒

指甩掉了，她安慰我说："没关系，我们不需要这个。"

证婚人说了些什么话，根本就没有听进去，现在一个字也不记得。我只记得赞礼的人喊了一声"礼成"，大家纷纷拥向东厢入席就餐。少不了有人向我们敬酒，我根本没有把那小小酒杯放在眼里。黄淑贞突然用饭碗斟满了酒，严肃的说："季淑，你以后若是还认我做朋友，请尽此碗。"季淑一声不响端起碗来汩汩的喝了下去，大家都吃一惊。

回到家中还要行家礼，这是预定的节目。好容易等到客人散尽，两把太师椅摆在堂屋正中，地上铺了红毡子，请父母就座，我和季淑双双跪下磕头。然后闹哄到午夜，父母发话："现在不早了，大家睡去吧。"

罗赛蒂（D. G. Rossetti）有一首诗《新婚之夜》（*The Nuptial Night*），他说他一觉醒来看见他的妻懒洋洋的酣睡在他身旁，他不能相信那是真的，他疑心是在做梦。梦也好，不是梦也好，天刚刚亮，季淑骨碌爬了起来，梳妆毕换上一身新装，蓝袄红裙，红缎绣花高跟鞋，在穿衣镜前面照了又照，侧面照，转身照。等父母起来她就送过去两盏新沏的盖碗茶。这是新媳妇伺候公婆的第一幕。早餐罢，全家人聚在上房，季淑启开她的箱子，把礼物一包一包的取出来，按长幼顺序每人一包，这叫做开箱礼，又叫做见面礼，无非是一些帽鞋日用之物，但是季淑选购甚精，使得家人皆大欢喜。我袖手旁观，说道："哎呀！还缺一份！——我的呢？"惹得哄堂大笑。

次一节目是我陪季淑"回门"。进门第一桩事是拜祖先的牌位，一个楠木龛里供着一排排的程氏祖先之神位，多到不可计数，可见绩溪程氏确是一大望族。我们纳头便拜，行最敬礼。好像旁边还有人念念有词，说到三姑娘三姑爷什么什么的，我当时感觉我很光荣的成了程家的女婿。拜完祖先之后便是拜见家中的长辈，季淑的继祖母尚在，其次便是我的岳母，叔父辈则有四叔、七叔（荫庭先生）、九叔（荫轩先生），八叔已去世。婶婶则四婶就有两位，然后六婶、七婶、八婶、九婶。我们依次叩首，我只觉得站起来跪下去忙了一大阵。平辈相见，相互鞠躬。随后便是盛筵款待，我很奇怪季淑不在席上，不知她躲在哪里，原来是筵席以男性为限。谈话间我才知道，已去世的六叔还曾留学俄国，编过一部《俄华字典》，刊于哈尔滨。

第三天，季淑病倒，腹泻。我现在知道那是由于生活过度紧张，睡了两天她就好了。

过了十几天，时局起了变化，国民革命军北伐逐步迫近南京。母亲关心我们，要我们暂且观望不要急急南下。父亲更关心我们，把我叫到书房私下对我说："你现在已经结了婚，赶快带着季淑走，机会放过，以后再想离开这个家庭就不容易了，不要糊涂，别误解我的意思。立刻动身，不可迟疑。如果遭遇困难，随时可以回来。我观察这几天，季淑很贤慧而能干，她必定会成为你的贤内助。你运气好，能娶到这样的一个女子。男儿志在四方，你去吧！"父亲说到这里，眼圈红了。

我商之于季淑，她遇大事永远有决断，立刻启程。父亲嘱咐，兵荒马乱的时候，季淑必须卸下她的鲜艳的服装，越朴素越好。她改着黑哔叽裙黑皮鞋，上身驼绒袄之外罩上一件粗布褂。我记得清清楚楚，布褂左下角有很大的一个缝在外面的衣袋，好别致。我们搭的是津浦路二等卧车（头等车被军阀们包用了），二等车男女分座，一个车厢里分上下铺，容四个人，季淑分得一个上铺。车行两天一夜，白天我们就在饭车上和过路的地方一起谈天，观看窗外的景致，入夜则分别就寝。

车上睡不稳，一停就醒，醒来我就过去看看她。她的下铺是一位中年妇女，事后知道她是中国银行司库吴某的太太，她第二天和季淑攀谈：

"你们是新结婚的吧？"

"是的，你怎么知道？"

"看你那位先生，一夜的工夫他跑过来看你有十多趟。"这位吴太太心肠好，我们渡江到下关，她知道我们没有人接，便自动表示她有马车送我们进城。我们搭了她的车直抵綦巷。

这时候南京市面已经有些不稳，散兵游勇满街跑，遇到马车就征用。我们在綦巷一共住了五天，躲在屋里，什么地方也没去。事实上我们也不想出去。渐渐的听到遥远的炮声。我的朋友李辉光、罗清生来，他们都是单身汉，劝我偕眷到上海暂避。罗清生和一家马车行的老板有旧，特意为我雇来马车，我们便邀同新婚的余上沅夫妇一同出走。可怜我煞费苦心经营的新居从此离去。当时天真的想法是政治不会过分影响到学校，不久还可以回来，所以行李等物就承洪范五先生的帮忙，寄存在图书馆地下室。马车走了不远，就有两名大兵持枪吓阻，要搭车到下关，他们不由分说跳上了车旁的踏脚板，一边一个像是我们的卫兵，一路无阻直达江滨。到上海的火车已断，我们搭上了太古的轮船。奇怪的是头等客房只有我们两对，优哉游哉倒真像是蜜月中的旅行。

下榻是夸张语，根本无榻可下，我便和季淑睡在床上，亚紫、业雅睡在床前地板上。四个年轻人无拘无束的狂欢了好多天，季淑曲尽主妇之道。

八

我们在上海三年的生活是艰苦的，情形当然是相当狼狈。有人批评孔子为"累累若丧家之狗"，孔子欣然笑曰："形状未也，而似丧家之狗，然哉然哉！"

季淑的大姑住在上海（大姑父汪运斋先生），她的二女婿程培轩一家返徽省亲，空出的海防路住所借给我们暂住了半个月。这是我们婚后初次尝到安定畅快的生活。随后我们就租了爱文义路众福里的一栋房子，那是典型的上海式标准的一楼一底的房，比贫民窟要算是差胜一筹，因为有电灯、自来水的设备，而且门窗户壁俱全。关于这样的房子我写过一篇小文《住一楼一底房者的悲哀》，其中有这样几段：

　　一楼一底的房没有孤零零的一所矗立着的，差不多都像鸽子窝似的一大排，一所一所的构造的式样大小，完全一律，就好像从一个模型里铸出来的一般。我顶佩服的就是当初打图样的土著工程师，真能相度地势，节工省料，譬如五分厚的一垛山墙就好两家合用。王公馆的右面一垛山墙，同时就是李公馆的左面的山墙，并且王公馆若是爱好美术，在右面山墙上钉一个铁钉子，挂一张美女月份牌，那么李公馆在挂月份牌的时候就不必再钉钉子，因为这边钉一个钉子，那边就自然而然的会钻出一个钉头儿。

　　房子虽然以一楼一底为限，而两扇大门却是方方正正的，冠冕堂皇，望上去总不像是我所能租赁得起的房子的大门。门上两个铁环是少不得的，并且还是小不得的……门环敲得啪啪响的时候，声浪在周围一二十丈以内的范围都可以很清晰播送得到。一家敲门，至少有三家应声"啥人？"，至少有两家拔闩启锁，至少有五家人从楼窗中探出头来。

"君子远庖厨"，住一楼一底的人简直没有法子上跻于君子之伦。厨房里杀鸡，无论躲在哪一墙角都可以听见鸡叫（当然这是极不常有之事），厨房里烹鱼，我可以嗅到鱼腥，厨房里升火，就可以看见一朵一朵乌云在眼前飞过。自家的厨房既没法可以远，隔着半垛墙的人家的庖厨离我还是差不多的近……

厨房之上，楼房之后，有所谓亭子间者，住在里面真可说是冬冷而夏热。厨房烧柴的时候，一缕缕的青烟从地板缝中冉冉上升。亭子间上面又有所谓晒台者，名义是为晾晒衣服之用，实际常是人们乘凉、打牌、开放留声机的地方，还有人在晒台上另搭一间小屋堆置杂物。

别看一楼一底，其中有不少曲折。

　　这一段话虽然不免揶揄，但是我们并无埋怨之意。我们虽然僦居穷巷，住在里面却是很幸福的。季淑和我同意，世界上没有一个地方比自己的家更舒适，无论那个家是多么简陋、多么寒伧。这个时候我在《时事新报》编一个副刊《青光》，这是由于张禹九的推荐临时的职业，每天夜晚上班发稿。事毕立刻回家，从后门进来匆匆登楼，季淑总是靠在床上看书等着我。

　　"你上楼的时候，是不是一步跨上两级楼梯？"她有一次问我。

　　"是的，你怎么知道？"

　　"我听着你的通通响的脚步声，我数着那响声的次数，和楼梯的级数不相符。"

　　我的确是恨不得一步就跨进我的房屋。我根本不想离开我的房屋。吾爱吾庐。

　　我们在爱文义路住定之后，暑期中，我的妹

妹亚紫和她的好友龚业雅女士于女师大毕业后到上海来，就下榻于我们的寓处。下榻是夸张语，根本无榻可下，我便和季淑睡在床上，亚紫、业雅睡在床前地板上。四个年轻人无拘无束的狂欢了好多天，季淑曲尽主妇之道。由于业雅的堂兄业光的引介，我和亚紫、业雅都进了国立暨南大学服务。亚紫和业雅不久搬到学校的宿舍。随后我母亲返回杭州娘家去小住，路过上海也在我们寓所盘桓了几天。头一天季淑自己下厨房，她以前从没有过烹饪的经验，我有一点经验，但亦不高明，我们两人商量着作弄出来四个菜，但是季淑煮米放多了水变成粥，急得哭了一场。母亲大笑说："喝粥也很好。"这一次失败给季淑的刺激很大。她说："这是我受窘的一次，毕生不能忘。"以后她对烹饪就很悉心研究。

怀孕期间各人的反应不同。季淑于婚后三四个月即开始感觉恶心呕吐，想吃酸东西，这样一直闹到分娩那一天才止。一九二七年十二月一日（阴历十一月初八），我们的大女儿文茜生。预先约好的产科张湘纹临时迟迟不来，只遣护士照料，以致未能善尽保护孕妇的责任，使得季淑产后将近三个月才完全复原。她本想能找得一份工作，但是孩子的来临粉碎了一切的计划，她热爱孩子，无法分身去谋职业，亦无法分神去寻娱乐。六年之间四次生产，她把全部时间与精力奉献给了孩子。

第二年我们迁居到赫德路安庆坊，是二楼二底房，宽绰了一倍，但是临街往来的电车之唏哩哗啦、叮叮当当从黎明开始一直到深夜，地都被震动，床也被震动。可是久之也习惯了。我的内弟道宽这一年去世，弟妇士馨也相继而殁，我和季淑商量把我的岳母接到上海来奉养。于是我们搭船回到北京回家小住，然后接了我的岳母南下。在这房子里季淑生下第二个女儿（三岁时夭折，瘗于青岛公墓）。季淑的身体本弱，据我的岳母告诉我，庚子之乱，她们一家逃避下乡，生活艰苦，季淑生于辛丑年二月，先天不足，所以自小羸弱。季淑连生两胎，体力消耗太大，对于孕妇保健的知识我们几乎等于零，所以她就吃亏太多，我事后悔恨无及。幸亏有她的母亲和她相伴，她在精神上得到平安，因为她不再挂念她的老母。我看见季淑心情宁静，我亦得到无上的安慰。

这一年我父亲游杭州，路过上海也来住了几天。季淑知道我父亲的日常生活的习惯和饮食的偏好，侍候唯恐不周。他洗脸要用大盆，直径要在二尺以上，季淑就真物色到那样大的洋瓷盆。他喝茶要用盖碗，水要滚，茶叶要好，泡的时间要不长不短，要守候着在正合宜的时候捧献上去，这一点季淑也做到了。我父亲说除了我的母亲之外，只有季淑泡的茶可以喝。父亲喜欢冷饮，季淑自己制作各种各样的饮料，她认为酸梅汤只有北京信远斋的出品才够标准。早点巷口的生煎包子就可以了，她有时还要到五芳斋去买汤包。每餐菜肴，她尽其所能去调配，自更不在话下。亚紫、业雅也常在一起陪伴，是我们家里最热闹的一段时期。父亲临走，对季淑着实夸奖了一番，说她带着两个孩子操持家务确是不易。

第三年我们搬到爱多亚路一〇一四弄，是一栋三楼的房子，虽然也是弄堂房子，但有了阳台、壁炉、浴室、卫生设备等等。一九三〇年四月十六日（阴历三月十八），在这里季淑生下第三胎，我们唯一的儿子文骐。照顾三个孩子，很不简单，单是孩子的服装就大费周章。季淑买了一架胜家缝纫机，自己做缝纫，连孩子的大衣也是自己做。她在百忙中没有忘记修饰她自己。她把头发剪了，不再有梳头的麻烦，额前留着刘海，所谓"boyish bob"，是当时最流行的发式。旗袍短到膝盖，高领短袖。她自己的衣服也是大部分自己做，找裁缝匠反倒不如意。我喜欢看她剪裁，有时候比较质地好的材料铺在桌上，左量右量，画线再画线，拿着剪刀迟迟不敢下手，我就在一旁拍着巴掌唱起儿歌："功夫用得深，铁杵磨成针。功夫用得浅，薄布不能剪！"她把我推开："去你的！"然后她就咔吱咔吱的剪起来了。她很快的把衣服做好，穿起来给我看，要我批评。除了由衷的赞美之外，还能说什么？

我在光华、中国公学两处兼课，真茹、徐家汇、吴淞是一个大三角，每天要坐电车、野鸡汽车、四等火车赶到三处地方，整天奔波，所以每天黎明即起。厨工马兴义给我预备极丰盛的一顿早点，季淑不放心，她起来监督，陪我坐着用点，要我吃得饱饱的，然后伴我走到巷口看我搭上电车才肯回去。这一年我母亲带着五弟到杭州去，路过上海在我们家住了些日子。

我们右邻是罗努生、张舜琴夫妇，左邻是一本地商人，再过去是我的妹妹亚紫和妹夫时昭涵，再过去是同学孟宪民一家，前弄有时昭静和夏彦儒夫妇，丁西林独居一栋，所以巷里熟人不少。努生一家最不安宁，夫妻勃谿，时常动武，午夜爆发，张舜琴屡次哭哭啼啼跑到我家诉苦。家务事外人无从置喙，结果是季淑送她回去。我们当时不懂，既成夫妻，何以会反目，何以会争吵，何以会仳离。季淑常天真的问我："他们为什么要离婚？"

有一天中秋前后，徐志摩匆匆的跑来，对我附耳说："胡大哥请吃花酒，要我邀你去捧捧场。你能不能去，先去和尊夫人商量一下，若不准你去就算了。"我问要不要去约努生，他说："我可不敢，河东狮子吼，要天翻地覆，惹不起。"我上楼去告诉季淑，她笑嘻嘻的一口答应："你去嘛，见识见识。喂，什么时候回来？""当然是吃完饭就回来。"胡先生平素应酬未能免俗，也偶尔叫条子侑酒，照例到了节期要去请一桌酒席。那位姑娘的名字是"抱月"，志摩说大概我们胡大哥喜欢那个月字是古月之月，否则想不出为什么相与了这位姑娘。我记得同席的还有唐腴庐和陆仲安，都是个中老手。入席之后照例每人要写条子召自己平素相好的姑娘来陪酒。我大窘，胡先生说："由主人代约一位吧。"约来了一位坐在我身后，什么模样，什么名字，一点也记不得了。饭后还有牌局，我就赶快告辞。季淑问我感想如何，我告诉她：买笑是痛苦的经验，因为侮辱女性，亦即是侮辱人性，亦即是侮辱自己。男女之事若没有真的情感在内，是丑恶的。这是我在上海三年唯一的一次经验，以后也没再有过。

肥城桃、莱阳梨、烟台的葡萄与苹果，都可以说是天下第一，我们放量大嚼，而德人开的弗劳塞饭店的牛排与生啤酒尤为令人满意。

九

由于杨金甫的邀请，我到青岛去教书。这是一九三〇年夏天的事。我们乘船直赴青岛，先去参观环境，闻一多偕行。我们下榻于中国旅行社，雇了两辆马车环游市内一周，对于青岛的印象非常良好，季淑尤其爱这地方的清洁与气候的适宜，与上海相比，不啻霄壤。我们随即乘火车返回北平度一个暑假，我的岳母回到程家。

在青岛鱼山路四号，我们租到一栋房子，楼上四间楼下四间。这地点距离汇泉海滩很近，约十几分钟就可以走到。季淑兴致很高，她穿上了泳装，和我偕孩子下水。孩子用小铲在沙滩上掘沙土，她和我就躺在沙滩上晒太阳，玩到夕阳下山还舍不得回家。有时候我们坐车到栈桥，走上伸到海中的长长的栈道，到尽端的亭子里乘凉。海滨公园也是我们爱去的地方，因为可以在乱石的缝里寻到很多的小蟹和水母，同时这里还有一个水族馆。第一公园有老虎和其他的兽栏，到了春季樱花盛开，可真是蔚为大观。季淑叹为奇景，一去辄留连不忍走。后来她说美国西雅图或美京华盛顿的樱花品种不同，虽然也颇可观，但究比青岛逊色。我有同感。

我为学校图书馆购书赴沪一行，顺便给季淑买了一件黑绒镶红边的背心，可以穿在旗袍外面，她很喜欢，尤其是因为可以和她的一双黑漆皮镶红边的高跟鞋相配合。季淑在这时候较前丰腴，容颜焕发，洋溢着母性的光辉。我的朋友们很少在青岛有眷属，杨金甫、赵太侔、黄任初等都有家室，但都不知住在什么地方。闻一多一度带家眷到青岛，随即送还家乡。金甫屡次善意劝我，不要永远守在家里，暑期不妨一个人到外面海阔天空的跑跑，换换空气。我没有接受他的好意。和谐的家室，空气不需要换。如果需要的话，镇日价育儿持家的妻子比我更有需要。

父亲慕青岛名胜，来看我们，住了十二天。我们天天出去游玩。有一天，季淑到大雅沟的菜市买来一条长二尺以上的鲥鱼，父亲大为击赏。肥城桃、莱阳梨、烟台的葡萄与苹果，都可以说是天下第一，我们放量大嚼，而德人开的弗劳塞饭店的牛排与生啤酒尤为令人满意。张道藩从贵州带来的茅台酒，也成了我们孝敬父亲的无上佳品。有一晚父亲和我关起门来私谈，他把我们家的历史从我祖父起原原本本的讲述给我听，都是我从前没有听到过的。他说："有些事不足为外人道，不必对任何人提起，但不妨告诉季淑知道。"最后他提出两点叮嘱，他说他垂垂老矣，迫切期望我们能有机会在北平做事，大家住在一起，再就是关于他将来的身后之事。我当天夜晚把这些话告诉了季淑，她说："父亲开口要我们回去，我们还能有什么话说。"

第二年，我们搬到鱼山路七号居住。是新造的楼房，四上四下，还有地下室，前院亦尚宽敞。房东王德溥先生，本地人，具有山东人特有的忠厚朴实的性格，房东、房客之间相处甚得。我们要求他在院里栽几棵树，他唯唯否否，没想到第二天他就率领着他的儿子押送两大车的树秧来了。六棵樱花、四棵苹果、两棵西府海棠，把小院种得满满的。树秧很大，第二年即开始着花，樱花都是双瓣的，满院子的蜜蜂嗡嗡声。苹果第二年也结实不少，可惜等不到成熟就被邻居的恶童偷尽。西府海棠是季淑特别欣赏的，胭脂色的花苞，粉红的花瓣，衬上翠绿的嫩叶，真是娇艳欲滴。

　　我们住定之后就设法接我的岳母来住，结果由季淑的一位表弟刘春霖护送到青岛。这样我们才安心。季淑身体素弱，第四度怀孕使她狼狈不堪，于一九三三年二月二十五日（阴历二月二日）生文蔷，由她的女高师同学王绪贞接生，得到特别小心照护，我们终身感谢她。分娩之后不久，四个孩子同时感染猩红热，第二女不幸夭折。做母亲的尤为伤心。入葬的那一天，她尚不能出门，于冰霰霏霏之中，我看着把一具小棺埋在第一公墓。

青岛四年之中我们的家庭是很快乐的。我的莎士比亚翻译在这时候开始，若不是季淑的决断与支持，我是不敢轻易接受这一份工作的。她怕我过劳，一年只许我译两本，我们的如意算盘是一年两本，二十年即可完成，事实上用了我三十多年的工夫！我除了译莎氏之外，还抽空译了《织工马南传》《西塞罗文录》，并且主编天津《益世报》的一个文艺周刊。季淑主持家务，辛苦而愉快，从来没有过一句怨言。我们的家座上客常满，常来的客如傅肖鸿、赵少侯、唐郁南都常在我们家吃便饭，学生们常来的有丁金相、张淑齐、蔡文显、韩朋等等。张罗茶饭、招待客人都是季淑的事。我从北平订制了一个烤肉的铁炙子，在青岛恐怕是独一的设备，在山坡上拾捡松枝松塔，冬日烤肉待客，皆大欢喜。我的母亲带着四弟治明也来过一次，治明特别欣赏季淑烹制的红烧牛尾。后来他生了一场匐行疹，病中得到季淑的悉心调护，痊愈始去。

胡适之先生早就有意约我到北京大学去教书，几经磋商，遂于一九三四年七月结束了我们的四年青岛之旅。临去时房屋租约未满，尚有三个月的期间，季淑认为应该如约照付这三个月的租金，房东王先生坚不肯收，争执甚久，我在旁呵呵大笑："此君子国也！"房东拗不过去，勉强收下，买了一份重礼亲到车站送行。季淑在离去之前，把房屋打扫整洁一尘不染，这以后成了我们的惯例，无论走到哪里，临去必定大事扫除。

法源寺 先明
2004.7.

"破家值万贯"，而且我
们家的传统是"室无弃
物"，所以百八十年下来
的这一个家是无数破烂东
西的总汇，搬动一下要兴
师动众……

十

我们决定回北平，父母亲很欢喜，开始准备迁
居，由大取灯胡同一号迁到内务部街二十号。内务
部街的房子本是我们的老家，我就是生在那个老家
的西厢房，原是祖父留下的一所房子，在我十五岁
的时候才从那里迁到大取灯胡同一号的新房。老家
出租多年，现在收回自用。这所老房子比较大，约
有房四十间，旧式的上支下摘，还有砖炕，院落较
多，宜于大家庭居住。父母兴奋得不得了，把旧房
整缮一新，把外院和西院划给我，并添造一间浴室。
我母亲是年六十，她说："好了，现在我把家事交
给季淑，我可以清闲几年了。"事实上我们还是无

法使母亲完全不操心。

回到北平先在大取灯胡同落脚，然后开始迁居。"破家值万贯"，而且我们家的传统是"室无弃物"，所以百八十年下来的这一个家是无数破烂东西的总汇，搬动一下要兴师动众，要雇用大车小车以及北平所特有的"窝脖儿"的，陆陆续续的搬了一个星期才大体就绪。指挥奔走的重任落在季淑的身上。她真是黎明即起，整天前庭后院的奔走，她的眼窝下面不时的挂着大颗的汗珠，我就掏出手绢给她揩揩。

垂花门外有一棵梨树，是房客栽的，多年生长已经扑到房檐上面，把整个院子遮盖了一半，结实累累，蔚为壮观。不知道母亲听了什么人饶舌，说梨与离同音，不祥，于是下令砍伐。季淑不敢抗，眼睁睁的看着工人把树砍倒，心中为之怏怏者累日。后来我劝她在原处改植别的不犯忌讳的花木，亦可略补遗憾。她立即到隆福寺街花厂选购了四棵西府海棠，因为她在青岛就有此偏爱。这四株娇艳的花木果然如所预期，很快的长大成形，翌年即繁花如簇，如火如荼，春光满院，生气盎然。同时她又买了四棵紫丁香，种在西院我的书房与卧室之间，紫丁香长得更猛，一两年间妨碍人行，非修剪不可。丁香开时香气四溢，招引蜂蝶，终日攘攘不休。前院檐下原有两畦芍药奄奄一息，季淑为之翻土施肥，冬日覆以积雪，来春新芽苗发。我的书房檐下多阴，她种了一池玉簪，抽蕊无数。

　　我们一家三代，大小十几口，再加上男女佣工六七人，是相当大的一个家庭。晨昏定省是不可少的礼节。每天早晨听到里院有了响动，我便拉着文蔷到里院去，到上房和东厢房分别向父母问安。文蔷是我们最小的孩子，不拉着她便根本迈不过垂花门的一尺高的门槛。文茜、文骐都跟在我的身后。文蔷还另有任务，每天把报纸送给她的祖父。祖父接过报纸总是喊她两声："小肥猪！小肥猪！"因为她小时候很胖。季淑每天早晨要负责沏盖碗茶，其间的难处是把握住时间，太早太晚都不成。每天晚上季淑还要伺候父亲一顿消夜，有时候要拖到很晚，我便躺在床上看书等她。每日两餐是大家共用的，虽有厨工专理其事，调配设计仍需季淑负责，亦大费周章。家庭琐事永远没完没结，所谓家庭生活是永无休止的修缮补苴。缝缝连连的事，会使用缝纫机的人就责无旁贷。对外的采办或交涉，当然也是能者多劳。最难堪的是于辛劳之余还不能全免于怨怼。有一回已经日上三竿，季淑督促工人捡煤球，扰及贪睡者的清眠，招致很大的不快。有人愤愤难平，季淑反倒夷然处之，她爱说的一句话是：

"唐张公艺九世同居，得力于百忍，我们只有三世，何事不可忍？"

家事全由季淑处理，上下翕然，我遂安心做我的工作，教书之余就是翻译写稿。我在西院南房，每到午后四时，季淑必定给我送茶一盏。我有时停下笔来拉她小坐，她总是把我推开，说："别闹，别闹，喝完茶赶快继续工作。"然后她就抽身跑了。我隔着窗子看她的背影。我的翻译工作进行顺利，晚上她常问我这一天写了多少字，我若是告诉她写了三千多字，她就一声不响的翘起她的大拇指。我译的稿子她不要看，但是她愿意知道我译的是些什么东西。所以莎士比亚的几部名剧里的故事，她都相当熟悉。有几部莎士比亚的电影片上演，我很希望她陪我去看，但是她分不开身，她总是遗憾的教我独自去看。

季淑有一个见解，她以为要小孩子走上喜爱读书的路，最好是尽早给孩子每人置备一个书桌。所以孩子开始认字，就给他设备一份桌椅。木器店里没有给小孩用的书桌，除非定制，她就买普通尺寸的成品，每人一份，放在寝室里挤得满满的。这一项开支决不可省。她告诉孩子哪一个抽屉放书哪一个抽屉放纸笔。有了适当的环境之后，不久孩子养成了习惯，而且到了念书的时候自然的各就各位。孩子们由小学至大学，从来没有任何挫折，主要的是小时候养成良好习惯。季淑做了好几年的小学教师，她的教学经验在家里发生宏大的影响。可见小学教师应是最可敬的职业之一。

我们的男孩子仅有一个，季淑嫌单薄一些，最好有两男两女。一九三五年冬，她怀有五个月的孕，一日扭身开灯，受伤流产。送往妇婴医院，她为节省，住进二等病房，夜间失血过多，而护士置若罔闻。我晨间赶去探视，已奄奄一息，医生开始惊慌，急救输血，改进头等病房并请特别护士。白天由我的岳母照料，夜晚由我陪伴。（按照医院规定，男客是不准在病房夜晚逗留的。）一个星期之后才脱险。临去时那一些不负责任的护士还奚落她说："我们没有见过像你这样的娇太太！"从此我们就实行生育节制。

我对政治并无野心，但是对于国事不能不问，所以我办了一个周刊，以鼓吹爱国、提倡民主为原则。朋友们如谢冰心、李长之等等都常写稿给我，周作人也写过稿子。因此我对于各方面的人物常有广泛的接触。季淑看见来访的客人鱼龙混杂，就为我担心。她偶尔隔着窗子窥探出入的来客，事后问我：

"那个獐头鼠目的是谁？那个垂首蛇行的又是谁？他们找你做什么？"这使我提高了警觉。果然，就有某些方面的人来做说客，"愿以若干金为先生寿"。人们有一种错觉，以为凡属舆论，都是一些待价而沽的东西。我当即予以拒绝，季淑知道此事之后完全支持我的决定，她说："我愿省吃俭用和你过一生宁静的日子，我不羡慕那些有办法的人之昂首上骧。"我隐隐然看到她的祖父之高风亮节在她身上再度发扬。

日寇侵略日益加紧，一九三七年六月二十三日蒋介石与汪兆铭联名召开庐山会议，我应邀参加，事实上没有什么商议，只是宣告国家的政策。我没有等会议结束即兼程北返，七月七日卢沟桥事变爆发，二十八日北平陷落。我和季淑商议，时势如此，决定我先只身逃离北平。我当即写下遗嘱。戎火连天，割离父母、妻子远走高飞，前途渺渺，后顾茫茫。这时候我联想到"出家"真非易事，确是将相所不能为。然而我毕竟这样做了。等到平津火车一通，我立即登上第一班车，短短一段路由清早走暮夜才到达天津。临别时季淑没有一点儿女态，她很勇敢的送我到家门口，互道珍重，相对黯然。"与子之别，思心徘徊！"

黄土平原久旱无雨，汽车
过处黄尘蔽天。到站休息
时人人毛发尽黄，纷纷索
水洗面。季淑在道旁小店
就食，点菠菜猪肝一盘，
孩子大悦，她不忍下箸，
唯食余沥而已。

十一

和我约好在车上相见的是叶公超，相约不交一
语。后来发现在车上的学界朋友有十余人之多，抵
津后都住进了法租界帝国饭店。我旋即搬到罗努生、
王右家的寓中，日夜收听广播的战事消息。我们利
用大头针制作许多面红白小旗，墙上悬大地图，红
旗代表我军，白旗代表敌军，逐日移动的插在图上。
看看红旗有退无进，相与扼腕。《益世报》的经理
生宝堂先生在赴意租界途中被敌兵捕去枪杀，我们
知道天津不可再留，我与努生遂相偕乘船到青岛，
经济南转赴南京。在济南车站遇到数以千计由烟台
徒步而来的年轻学生，我的学生丁金相在车站迎晤

她的逃亡朋友，无意中在三等车厢里遇见我，相见大惊，她问我："老师到哪里去？"

"到南京去。"

"去做什么？"

"赴国难，投效政府，能做什么就做什么。"

"师母呢？"

"我顾不得她，留在北平家里。"

她跑出站买了一瓶白兰地、一罐饼干送给我，汽笛一声，挥手而别，我们都滴下了泪。

南京在敌机空袭之下，人心浮动。我和努生都有报国有心、投效无门之感。我奔跑了一天，结果是教育部发给我二百元生活费和"岳阳丸"头等船票一张，要我立即前往长沙候命。我没有选择，便和努生匆匆分手，登上了我们扣捕的日本商船"岳阳丸"。叶公超、杨金甫、俞珊、张彭春都在船上相遇。伤兵、难民挤得船上甲板水泄不通，我的精神陷入极度苦痛。到长沙后我和公超住在青年会，后移入韭菜园的一栋房子，是樊逵羽先生租下的北大办事处。我们三个人是北平的大学教授南下的第一批。随后张子缨也赶来。长沙勾留了近月，无事可做，心情苦闷，大家集议醵资推我北上接取数家的眷属。我衔着使命，间道抵达青岛，搭顺天轮赴津，不幸到烟台时船上发现虎烈拉，船泊大沽口外，日军不许进口，每日检疫一次，海上拘禁二十余日，食少衣单，狼狈不堪。登岸后投宿皇宫饭店，立即通电话给季淑。翌日她携带一包袷冬衣到津与我相会。乱离重逢，相拥而泣。翌日季淑返回北平。因樊逵羽先生正在赶来天津，我遂在津又有数日勾留。后我返平省亲，在平滞留三数月，欲举家南下而情况不许，尤其是我的岳母年事已高不堪跋涉。季淑与其老母相依为命，不可能弃置不顾，侍养之日诚恐不久，而我们夫妻好合则来日方长，于是我们决定仍是由我只身返后方。会徐州陷落，敌伪强迫悬旗志贺，我忍无可忍，遂即日动身。适国民参政会成立，我赝选为参政员，乃专程赴香港转去汉口，从此进入四川，与季淑长期别离六年之久。

在这六年之中，我固颠沛流离、贫病交加，季淑在家侍奉公婆老母，养育孩提，主持家事，其艰苦之状乃更有甚于我者。自我离家，大姐、二姐相继去世，二姐遇人不淑，身染肺癌，乏人照料，季淑尽力相助，弥留之际仅有季淑与二姐之幼女在身边陪伴。我们的三个孩子在同仁医院播种牛痘，不幸疫苗不合规格，注射后引起天花，势甚严重，几濒于殆。尤其是文茜面部结痂作痒，季淑为防其抓破成麻，握着她的双手数夜未眠，由是体力耗损，渐感不支。维时敌伪物资渐缺，粮食供应困难，白米白面成为珍品，居恒以糠麸、花生皮屑羼入杂粮混合而成之物充饥，美其名曰"文化面"。儿辈羸瘦，呼母索食，季淑无以为应，肝肠为之寸断。她自己刻苦，但常给孩子鸡蛋佐餐，孩子久而厌之。有时蒸制丝糕（即小米粉略加白面白糖蒸成之糕饼）作为充饥之物，亦难得引起大家的食欲。此际季淑年在四十以上，可能是由于忧郁，更年期提早到来，百病丛生，以至于精神崩溃。不同情的人在一旁讪笑："我看她没有病，是爱花钱买药吃。""我看她也没有病，我看见她每饭照吃。""我看她也没有病，丝糕一吃就是两大块。"她不顾一切，乞灵于协和医院，医嘱住院，于是在院静养两星期，病势略转。此后风湿关节炎时发时愈，足不良行。孩子们长大，进入中学，学业不成问题，均尚自知奋勉不落人后，但是交友万一不慎，后果堪虞，季淑为了此事最为烦忧。抗战期间前方后方邮递无阻，我们的书信往来不断，只是互报平安，季淑在家种种苦难并不透露多少，大部分都是日后讲给我听。

　　我的岳母虽然年迈，健康大致尚佳。她曾表示愿意看看自己的寿材，所以我在离平之前和季淑到了桅厂订购了上好的材木一副，她自己也看了满意。一九四三年春偶然不适，好像有所预感，坚持回到程家休憩，不数日即突然病革。季淑带着孩子前去探视，知将不起，尚殷殷以我为念。她最喜爱文蔷，临终时呼至榻前，执其手而告之："文蔷，你乖乖的，听你妈妈的话。"言讫，溘然而逝。所有丧葬之事均由季淑力疾主持。她有信给我详述经过，哀毁逾恒，其中有一句话是："华，我现在已成为无母之人矣……"季淑孝顺她的母亲不是普通的孝顺，她是真实的做到了"菽水承欢"。

季淑没有和我一起到后方去，主要的是为了母亲。如今母亲既已见背，我们没有理由维持两地相思的局面。我们十年来的一点积蓄，除了投资损失之外陆续贴补家用，六年来亦已告罄，所以我就写信要她准备来川。她唯一的顾虑是她的风湿病，不知两腿是否禁得起长途跋涉。说也奇怪，她心情一旦开朗，脚步突然转健，若有神助。由北平起旱到四川不是一件容易事。季淑有一位堂弟道良，前两年经由叔辈决定过继给我的岳母做继子，他们的想法是：季淑究竟是一个女儿，嫁出的女儿泼出的水，不能成为嗣祧。道良为人极好，事季淑如胞姐，他自告奋勇，送她一半行程。一九四四年夏，季淑带着三个孩子、十一件行李，病病歪歪的，由道良搀扶着，从北平乘车南下。由徐州转陇海路到商丘，由商丘起旱到亳州，这是前后方交界之处，道良送她到此为止，以后的漫漫长途就靠她自己独闯了。所幸她的腿疾日有进步，到这时候已可勉强行走无需扶持。从亳州到漯河，由漯河到叶县，这一段的交通工具只能利用人力推车，北方话称之为"小车子"，车仅一轮，由车夫一人双手把持，肩上横披一带系于车把之上，轮的两边则一边坐人，一边放行李，车夫一面前进一面摆动其躯体以维持均衡。土路崎岖，坑洼不平，轮轴吱吱作响，不但进展迟缓，且随时有翻倒之虞。车夫一面挥汗一面高唱俚歌，什么"常山赵子龙，燕人张翼德""有山就有水，有水就有鱼……"一路上前呼后应，在黄土飞扬之中打滚。到站打尖，日暮投宿，季淑就这样的带着三个孩子、十一件行李一天又一天的在永无止境的土路上缓缓前进。怕的是青纱帐起，呼吁无门，但邀天之幸，一路安宁，终于到达叶县。对于劳苦诚实的车夫们，季淑衷心感激，乃厚酬之。

由叶县到洛阳有公路可循，可以搭乘公共汽

车，汽车是使用柴油的，走起来突突冒烟，随时随地抛锚。乘客拥挤抢座，幸赖有些流亡学生见义勇为，帮助季淑及二女争取座位，文骐不在妇孺之列，只能爬上车顶在行李堆中觅一席地。季淑怕他滚落，苦苦哀求其他车顶上的同伴赐以援手，幸而一路无事。黄土平原久旱无雨，汽车过处黄尘蔽天。到站休息时人人毛发尽黄，纷纷索水洗面。季淑在道旁小店就食，点菠菜猪肝一盘，孩子大悦，她不忍下筷，唯食余沥而已。同行的流亡学生有贫苦以至枵腹者，季淑解囊相助，事实上她自己的盘川也所余无几了。

季淑一行到洛阳后稍事休息，搭上火车，精神为之一振，虽是没有窗户的铁闷车，然亦稳速畅快。唯夜间闯过潼关时熄灯急驶，犹不免遭受敌军炮轰，幸而无恙，饱受虚惊。到达西安，在菊花园口厚德福饭庄饱餐一顿并略得接济，然后搭车赴宝鸡，这是陇海路最后一站。从此便又改乘公共汽车，开始长征入川。汽车随走随停，至剑阁附近而严重抛锚，等待运送零件方能就地修复。季淑托便车带信给我，我乃奔走公路局权要之门请求救济。我生平不欲求人，至是不能不向人低首！在此期间，季淑等人食宿均成问题，赖有同行难友代为远道觅食，夜晚即露宿道旁。一夕，睡眠中忽闻哞声走于身畔，隐约见一庞形巨物，季淑大惊而呼，群起察视，原来是一只水牛。越数日汽车修复，开始蠕动，终于缓缓的爬到了青木关，再换车而抵达北碚，与我相会。

六年暌别，相见之下惊喜不可名状。长途跋涉之后，季淑稍现清癯。然而我们究竟团圆了。"今夕何夕，见此粲者！"凭了这六年的苦难，我们得到了一个结论：在丧乱之时，如果情况许可，夫妻儿女要守在一起，千万不可分离。我们受了千辛万苦，不愿别人再尝这个苦果。日后遇有机会，我们常以此义劝告我们的朋友。

我在四川一直支领参政会一份公费，虽然在国立编译馆全天工作，并不受薪。人笑我迂，我行我素。现在五口之家，子女就学，即感拮据。季淑征尘甫卸，为补充家用，接受社会部北碚儿童福利实验区之聘，任该区福利所干事。区主任为章柳泉先生。季淑的职务是办理消费合作社的事务。和她最契的同事是童启华女士（朱锦江夫人）。据季淑告诉我，童先生平素不议人短长，不播弄是非，而且公私分明，一丝不苟，掌管公物储藏，虽一纸一笔之微，核发之际亦必详究用途，不稍浮滥，时常开罪于人。季淑说像这样奉公守法的人是极少见的。季淑和她交谊最洽，可惜胜利后即失去联络，但季淑时常想念到她。

第二年，即一九四五年，季淑转入迁来北碚的国立戏剧专科学校为教具组服装管理员，校长为余上沅。上沅夫妇是我们的熟人，但季淑并不因人事关系而懈怠其职务，她准时上班下班，忠于其职守。她给全校师生留下了良好的印象。

季淑于生活艰难之中在四川苦度了两年。事实上在抗战期间，无论是在沦陷区或后方，没有人不受到折磨的。只有少数有办法的人能够混水摸鱼。我有一位同学，历据要津，宦囊甚富，战时寓居香港，曾扬言于众："你们在后方受难，何苦来哉？一旦胜利来临，奉命接收失土、坐享其成的是我们，不是你们。"我们听了不寒而栗。这位先生于日军攻占香港时遇害，但是后来接收大员"五子登科"的怪剧确是上演了。

一九四五年八月十日季淑晚间下班时，带回了一张报纸的号外：

《嘉陵江日报》
号　外
日本接受无条件投降

旧金山八月十日广播日本政府本日四时接受四国公告无条件投降其唯一要求是保留天皇今日吾人已获胜利已获和平

我们听到了遥远的爆竹声、鼎沸的欢呼声。

还乡的交通工具不敷，自然应该让特权阶级、豪门巨贾去优先使用，像我们所服务的闲散机构如国民参政会、国立编译馆之类，当然应该听候分配。等候了一年光景，一九四六年秋，国民参政会通知有专轮直驶南京，我们这才怀着一种复杂的心情告别四川鼓轮而下。我说心情复杂，因为抗战结束可以了却八年流亡之苦，可以回乡省视年老的爹娘，可以重新安心做自己的工作，但是家园已经破碎，待要从头整理，而国事蜩螗，不堪想象。

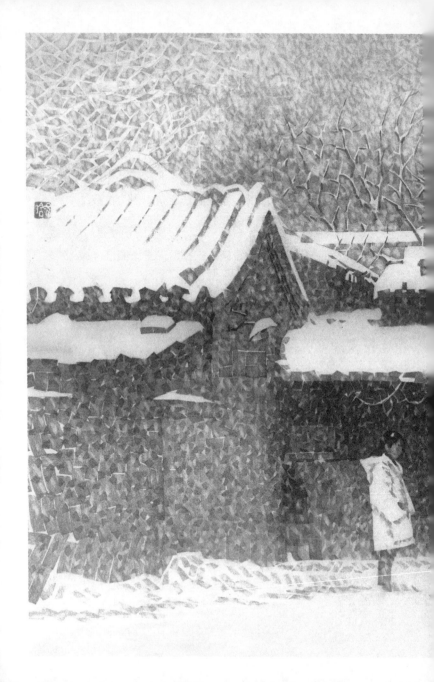

北新华街站景 取材于2002. 12.
丙子2009. 2. 楼培 凤怡.

那时候卖房极为费事，房客习钻，勒索搬家费高至房款三分之一，而且需以黄金支付，否则拒不搬出；及交付黄金，则对于黄金成色又多方挑剔。

十二

我们在南京下榻于国立编译馆的一间办公室内，包饭搭伙，孩子们睡地板。也有人想留我在南京工作，我看气氛不对，和季淑商量还是以回到北平继续教书为宜，便借口离开南京，遄赴上海搭飞机返平。阔别八年的我，在飞机上看到了颐和园的排云殿，心都要从口里跳出来。

回到家里看见我父母都瘦了很多，一阵心酸，泣不可抑。当时三弟、五弟都在家，大姐一家也住在东院，后来五妹和妹婿一家也来了，家里显得很热闹。我们看到垂花门前的野草高与人齐，季淑便令孩子们拔草，整理庭院焕然一新。我的父亲是年七十，步履维艰，每晨自己提篮外出买烧饼、油条相当吃力，我便请准由我每日负责准备早餐。当我提了那只篮子去买烧饼的时候，肆人惊问我为何人，因为他们认识那个篮子。也许这两桩事我们做得不对，因为我们忘了《世说新语》赵母嫁女的故事："赵母嫁女，女临去，敕之曰：'慎勿为好！'女曰：'不为好，可为恶邪？'母曰：'好尚不可为，其况恶乎？'"我们率直而为之，不是有意为好。家里人口众多，遂四处分爨。

父亲关心我的工作，有一天拄着拐杖到我书室，问我翻译莎士比亚进展如何，这使我非常惭愧，因为抗战八年中我只译了一部。父亲说："无论如何，要译完它。"我就是为了他这一句话，下了决心必不负他的期望。想不到的是，于补祝他的七十整寿在承华园举行全家盛筵之后不久，有一晚我们已就寝，他突患冠状脉阻塞症，急救无效，竟于翌日晚间溘然长逝！我从四川归来，相聚才只一个月，即遭此大故！装殓时季淑出力最多，随后丧葬之事，她不作主张，只知尽力。

另一不幸事故，季淑的弟弟道良在东北军事倥偬之际受任辽宁大石桥车站站长，因坚守岗位不肯逃避以致殉职，遗下孤儿寡妇，惨绝人寰。灵柩运回北平，我陪季淑到东便门车站迎接，送往绩溪义园厝葬，我顺便向我的岳母的坟墓敬礼，凄怆之至。

这时候通货膨胀，生活困苦，我除在师大授课之外，利用寒假远到沈阳去兼课。季淑善于理家，在短绌的情形之下仍能稍有赢余。她的理论是：储蓄之法不是在开销之外把余羡收存起来，而是预先扣除应储之数然后再作支出。我们不时的到东单或东四的菜市，遇有鱼鲜辄购一尾，由季淑精心烹制献给母亲佐餐，因为这是我母亲喜食之物。我曾劝她买鱼两尾，一半自己享用，因为我知道她亦正有同嗜，而她坚持不可。她说："我们的享受，当俟来日。"她有一次在摊上看到煮熟的大块瘦肉，价格极廉，便买一小块携回，食之而甘，事后才知道那是驴肉或骡肉。我们日常用的水果是萝卜与柿子，孩子们时常望而生畏。

困苦中也要作乐。我们一家陪同赵清阁游景山，在亭子里闲坐啜茗，事后我写了一首五律送她。又有一次，我们一家和孙小孟一家游颐和园，爬上众香国，几个大人都气力不济，孩子们争先恐后的跑上了排云殿，我笑谓季淑曰："你还有上'鬼见愁'的勇气没有？"又指着玉泉山上的玉峰塔说："你还记得那个地方么？"她笑而不答。风景依然，而心情不同了。到了冬天，孩子们去北海滑冰，我们便没有去观赏的兴致。想不到故都名胜，我们就这样的长久暌别，而季淑下世，重温旧梦亦永不可得！

一九四八年冬，北平风声日紧。有一天何思源来看我，我问他有何观感，他说："毫无办法。"一个有办法的人都说没有办法。不数日，炸弹丢在锡拉胡同他的住宅，炸死了他的一个女儿。学校的同事们有人得风声之先，只身前往门头沟，大多数人皇皇然。这时候，我的朋友陈可忠任广州中山大学校长，约我去教书，我便于十二月十三日带着孩子先行赴津洽购船票南下。季淑因为代我三妹出售房产手续未毕，约好翌日赴津相会。那时候卖房极为费事，房客刁钻，勒索搬家费高至房款三分之一，而且需以黄金支付，否则拒不搬出；及交付黄金，则对于黄金成色又多方挑剔。季淑奔走折冲，心力俱瘁。翌日手续办好，而平津交通中断。我在天津车站空接一场，急通电话到家，季淑毅然决然告我："急速南下，不要管我。"我遂于十二月十六日登上湖北轮凄然离津，途经塘沽，遭岸上士兵枪射，蜷卧统舱凡十四日始达香港。自我走后，季淑与文茜夫妇同居数日，但她立刻展开活动，决计觅求职业自力谋生。她说："沮丧没有用，要面对现实积极的活下去。"她首先去访问她的朋友范雪茵（黄国璋夫人），他们很热心，在她困难的时候伸出了援手。他们立刻把消息传到师大，校长袁敦礼先生及其他同事们都表示同情，答应设法给她觅取一份工作。三数日内消息传来，说政府派有两架飞机北来迎取一些学界人士南下，其实城外机场已陷，城内炮声隆隆，临时在城内东长安街建造机场。季淑接到紧急电话通告，谓名单中有我的名字，她可以占用我的座位，须立即到北京饭店报到，一小时内起飞云云。她没有准备，仓卒中提起一个小包袱衣物就上了飞机。出乎意料的，机上的人很少，空位很多。绝大多数的学界人昧于当前的局势，以为政局变化不会影响到教育，并且抗战八年的流离之苦谁也不想重演，所以有此种现象。有少数与学界无关的人却因人事关系混上了飞机。在南京主持派机的人是陈雪屏先生，他到机场亲自照料，凡无处可投的人被安置在一个女子学校礼堂里。季淑当晚就在那空洞洞的大房里睡了一宿。第二天她得到编译馆的王向辰先生的照料，在姚舞雁女士的床上又睡了一晚，第三天向辰送她上了火车赴沪。我的三妹、四弟都在上海，她先投奔厚德福饭店，由饭店介绍一家旅馆住下，随后她就搬到三妹家，立即买舟票赴港。我在海洋漂泊的时候她早已抵沪，而我不知道。我于十二月三十一日到香港，翌日元旦遄赴广州，正在石碑校区彷徨问路，突遇旧日北碚熟人谓我有信件存在收发室。取阅则赫然季淑由沪寄来之航信。我大喜过望，按照信中指示前往黄埔，登船阒无一人，原来船提前到达，我迟了一步，她已搭小轮驶广州。我俟回到广州，季淑也很快的找到了我的住处——文明路的平山堂。我以为我们此后难以再见，居然又庆团圆！

看见从东北来的师生露宿
的情形，她又着实不忍，
再看到山东来的学生数百
人在操场上升火煮稀饭，
她便拿出十元港币命孩子
给送了过去。

十三

在广州这半年，我们开始有身世飘零之感。平
山堂是怎样的一个地方，我曾有一小文《平山堂
记》，纯是纪实。我们住在这里，季淑要上街买菜，
室中升火，提水上楼，楼下洗浣，常常累得红头涨
脸。看见从东北来的师生露宿的情形，她又着实不
忍，再看到山东来的学生数百人在操场上升火煮稀
饭，她便拿出十元港币命孩子给送了过去。我们在
穷困中兴复不浅，曾到六榕寺去玩，对于苏东坡题
壁和六祖慧能的塑像印象甚深，但是那座花塔颜色
俗丽而游人如织，则我们只好远远的避开。海角红
楼也去饮茶过一次。住处实在没有设备，同人康清

桂先生为我们订制了一张小木桌。一切简陋，而我们还请梅贻琦、陈雪屏先生来吃过一顿便饭，季淑以她的拿手馅饼飨客，时昭瀛送来一瓶白兰地，梅先生独饮半瓶而玉山颓矣。

广州中山大学外文系主任林文铮先生，好佛，他的单人宿舍是一间卧室一间佛堂，常于晚间作法会，室为之满。林先生和我一见如故，谓有凤缘，从此我得有机会观经看教，但是后来要为我"开顶"，则敬谢不敏。季淑也在此时开始对于佛教发生兴趣，她只求摄心，并不佞佛。林先生深于密宗，我贪禅悦，季淑则近净土。这时候法舫和尚在广州，有一天有朋友引他来看我，他是太虚的弟子，我游缙云山时他正是缙云寺的知客，曾有过一面之缘，他居然还没忘记。他送来一部他所著的《〈金刚经〉讲话》（附《〈心经〉讲话》），颇有深入浅出之妙。季淑捧读多遍，若有所契，后来持诵《心经》成为她的日课。人到颠沛流离的时候，很容易沉思冥想，披开尘劳世网而触及此一大事因缘。因为季淑于佛教中得到一些精神上的寄托，无形中也影响到我，我于观经之余常有疑义和她互相剖析、商讨，惜无金篦刮膜，我们终未能深入。我写有《了生死》一篇小文，便是我们的一点共同的肤浅之见，有些眼界高的人讥我谓为小乘之见，然哉，然哉！

我们每到一地，季淑对于当地的花木辄甚关心。平山堂附近的大礼堂后身有木棉十数本，高可七八丈，红花盛开，遥望如霞如锦，蔚为壮观。花败落地，訇然有声，据云落头上可以伤人。她从地上拾起一朵，瓣厚数分，蕊如编缕，赏玩久之。

此时军事情势逆转，长江天堑而竟一苇可渡！广州震动，人心皇皇。我们几个朋友经常商讨何去何从。有一位朋友说他在四川万县有房有地，吃着无虞，欢迎我们一家前去同住。有一位朋友说他决计远走高飞到甘肃兰州，以为那是边陲、世外桃源。有一位朋友忽然闷声不响，原来他是打算去香港暂时观望，徐图靠拢。这时候教育部长杭立武先生，次长吴俊升、翟桓先生，他们就在中大的大礼堂楼上办公，通知我教育部要在台湾台北设法恢复国立编译馆的机构，其现实的目的是暂时收罗一些逃亡的学界人士。我接受了这个邀请，由台湾的教育厅长陈雪屏先生为我办了入境证，便于一九四九年六月底搭乘华联轮，直驶台湾。季淑晕船，一路很苦。

附近有一家冰果店，店名曰"春风"。我们有时踱到那里吃点东西，季淑总是买冰棒一根，取其价廉。我们每去一次，我名之为"春风一度"。

十四

台湾"二二八"的影子还有时在心中呈现。我临行前写信给我的朋友徐宗涑先生："请为我预订旅舍，否则只好在尊寓屋檐下暂避风雨。"他派人把我们从基隆接到台北他家里歇宿了三天，承他的夫人史永贞大夫盛情款待，季淑与我终身感激。第四天搬进德惠街一号，那是林挺生先生的一栋日式房屋，承他的厚谊，我们有了栖身之处，而且一住就是三年。这一份隆情我们只好永铭心版了。季淑曾对我说："朋友们的恩惠在我们的心上是永不泯灭的，以后纵然有机会能够报答一二，也不能磨灭我们心上的刻痕。"她说得对。

德惠街当时是相当荒僻的地方，街中心是一条死水沟，野草高与人齐，偶有汽车经过，尘土飞扬入室扑面。在榻榻米上睡觉是我们的破题儿第一遭，躺下去之后觉得天花板好高好高，季淑起身时特别感觉吃力。过了两三个月，我买来三张木床、一个圆桌、八个圆凳，前此屋内只有季淑买来的一个藤桌、四把藤椅。这是我们的全部家具，一直用了二十多年，直到离开台湾始行舍去。有一天齐如山老先生来看我，进门一眼看到室内有床，惊呼曰："吓！混上床了！"这个"混"字（去声）来得妙，"混"是混事之谓，北方土语谓在社会上闯荡赚钱谋生为"混"。有季淑陪我，我当然能混得下去！徐太太送给我们一块木板、一根擀面杖和几个瓶子，我们便请了宗涑和他的夫人来吃饺子，我擀皮，季淑包，虽然不成敬意，大家都很高兴。

附近有一家冰果店，店名曰"春风"。我们有时踱到那里吃点东西，季淑总是买冰棒一根，取其价廉。我们每去一次，我名之为"春风一度"。

有人送一只特大的来亨鸡，性极凶猛，赤冠金距，遍体洁白，我们名之为"大公"。怕它寂寞，季淑给它买来一只黑毛大母鸡，名"缩脖坛子"，为大公所不喜；后又买来一只小巧的黄花杂毛母鸡，深得大公欢心，我们名之为"小花"。小花生蛋，大公亦有时代孵。大公得食，留给小花，没有缩脖坛子的份。卵多被大公踏破，季淑乃取卵纳入纸匣，装以灯泡，不数日而壳破雏出；有时壳坚不得出，她就小心的代为剖剥，黄茸茸的小雏鸡托在掌上，讨人欢喜。雏鸡长大者不过三数只，混种特别矫健，兼有大公之白与小花之俏，我们分别名之为"老大""老二""老三"。饲鸡是一件趣事，最受欢迎的是沙丁鱼汁拌饭，再不就是残肴剩菜拌饭，而炸酱面尤妙，会像"长虫吃扁担"似的一根根的直吞下去，季淑顾而乐之。养鸡约有两年，后因迁居不便携带，乃分送友朋，大公抑郁病死，小花被贼偷走不知所终。

　　我们本来不拟雇用女仆，季淑愿意操劳家事，

她说她亲手制作饭食给我和孩子享用，是她的一大
快乐，而且劳动筋骨对她自己也有益处。编译馆事
务方面的人坚持要送一位女仆来理炊事，固辞不获，
于是我们家里就添了一位年方十九、籍隶新竹的丫
小姐。是一位天真未凿的乡下姑娘，本地的风俗是
乡下人家常把他们的女儿送到城里来做事，并不一
定是为糊口，常是为了想在一个良好家庭中学习一
些礼仪知识以为异日主持家务之准备。季淑对于佣
工，从来没有过磨擦，凡是到我家里来工作的人都
是善来善去。这位丫小姐年纪轻轻，而且我们也努
力了解本地的风俗习惯，待之以礼，所以和我们相
处很好。不知怎的，她一天天的消瘦下来，不思饮
食，继而不时长吁短叹，终乃天天以泪洗面。季淑
不能不问，她初不肯言，终于廉得其情，其中一部
分仍是谎饰，但是我们大体明了她的艰难处境——
她急需要钱。季淑基于同情，把她手中剩存美金
三十元全部送给了她，解救她的困厄。于羞惭称谢
声中，她离我们而去。

编译馆原是由杭立武部长自兼馆长，馆址由洛阳街迁到浦城街，人员增多，业务渐繁，杭先生不暇兼顾，要我代理，于是馆长一职我代理了九个多月。文书鞅掌，非我夙习，而人事应付尤为困扰。接事之后，大大小小的机关首长纷纷折简邀宴，饮食征逐，虚縻公帑。有一次在宴会里，一位多年老友拍肩笑着说道："你现在是杭立武的人了！"我生平独来独往不向任何人低头，所以栖栖皇皇一至于斯，如今无端受人讥评，真乃奇耻大辱。归而向季淑怨诉，她很了解我，她说："你忘记在四川时你的一位朋友蒋子奇给你相面，说你'一身傲骨，断难仕进'？"她劝我赶快辞职。她想起她祖父的经验，为宦而廉介自持则两袖清风，为宦而贪赃枉法则所不屑为，而且仕途险恶，不如早退。她对我说："假设有一天，朋比为奸坐地分赃的机会到了，你大概可以分到大股，你接受不？受则不但自己良心所不许，而且授人以柄，以后永远被制于人；不受则同僚猜忌，唯恐被你检举，因不敢放手胡为而心生怨望，必将从此千方百计陷你于不义而后快。"她这一番话坚定了我求去的心。此时政府改组，杭先生去职，我正好让贤，于是从此脱离了编译馆，专任师大教职。我任事之初，从不往来的人也登门存问，而且其尊夫人也来和季淑周旋，我卸职之后则门可罗雀，其怪遂绝。芝麻大的职位也能反映出一点点的人性。

因为台大聘我去任教并且拨了一栋相当宽敞的宿舍给我，师大要挽留我也拨出一栋宿舍给我，我听从季淑的主张，决定留在师大，于是在一九五二年夏搬进了云和街十一号。这也是日式房屋，不过榻榻米改换为地板，有几块地方走上去像是踏在地毯上一般软乎乎的。房子油刷一新，碧绿的两扇大门还相当耀眼。一位早已分配到宿舍而尚无这样大门的朋友顾而叹曰："是乃豪门！"地皮不大方正，前面宽，后面窄，在堪舆家看来是犯大忌的，我们不相信这一套。前院有一棵半枯的松树，一棵头重脚轻的曼陀罗（俗名鸡蛋花），还有一棵很大很大的面包树。这一棵面包树遮盖了大半个院子，叶如巨灵之掌，可当一把蒲扇用，果实烂熟坠地，据云可磨粉做成面包。季淑喜欢这棵树，喜欢它的硕大茂盛。后院里我们种了一棵黄莺、一棵九重葛，都很快的长大。为了响应当时的号召，还在后院建设了一个简陋的防空洞，其作用是积存雨水、繁殖蚊虫。

面包树的荫凉，在夏天给我们招来了好几位朋友。孟瑶住在我们街口的一个"危楼"里，陈之藩、王节如也住在不远的地方，走过来不需要五分钟，每当晚饭后薄暮时分，这三位是我们的常客。我们没有椅子可以让客人坐，只能搬出洗衣服时用的小竹凳子和我们饭桌旁的三条腿的小圆木凳，比"班荆道故"的情形略胜一筹。来客在树下怡然就座，不嫌简慢。我们海阔天空，无所不谈。我记得孟瑶讲起她票戏的经验，眉飞色舞，节如对于北平的掌故比我知道的还多，之藩说起他小时候写春联的故事，最是精彩动人。三位都是戏迷，逼我和季淑到永乐戏院去听戏，之后谈起顾正秋女士，谈三天也谈不完。季淑每晚给我们张罗饮料，通常是香片茶，永远是又酽又烫。有时候是冷饮。如果是酸梅汤，就会勾起节如对于北平信远斋的回忆，季淑北平住家就在信远斋附近，她便补充一些有关这一家名店的故事。坐久了，季淑捧出一盘盘的糯米藕，有关糯米藕的故事我可以讲一小时，之藩听得皱眉、叹气不已。季淑指着我说："为了这几片藕，几乎把他馋死！"有时候她以冰凉的李子汤给我们解渴，抱憾的说："可惜这里没有老虎眼大酸枣，否则还要可口些。"到了夜深，往往大家不肯散，她就为我们准备消夜，有时候是新出屉的大馒头，佐以残羹剩肴。之藩怕鬼，所以临去之前我一定要讲鬼故事，不待讲完他就堵起耳朵。他不一定是真怕鬼，可能是故作怕鬼状，以便引我说鬼。我知道他不怕鬼，他也知道我知道他不怕鬼，彼此心照不宣，每晚闲聊常以鬼故事终场。事后季淑总是怪我："人家怕鬼，你为什么总是说鬼？"

　　季淑怕狗，比我还要怕。狗没有咬过她，可

是她听说有人被疯狗咬过死时的惨状，她就不寒而栗。她出去买菜，若是遇见有狗在巷口徘徊，她就多走一段路绕道而行，有时绕几段路还是有狗，她就索性提着篮子回家，明天再买。有一次在店铺购物，从柜台后面走出一条小狗，她大惊失色。店主人说："怕什么，它还没有生牙呢。"因为狗的缘故，她就很少时候独去买菜，总是由女工陪着她去。"狗是人类的最好的朋友"，可是说来惭愧，我们根本不想和狗攀交。

我们的女工都是在婚嫁的时候才离开我们。其中有一位 C 小组，在婚期之前季淑就给她张罗购买了一份日用品，包括梳洗和厨房用具。等到吉日便由我家出发，爆竹声中登上彩车而去，门口挤满了看热闹的人。有一位邻人还笑嘻嘻的对季淑说："恭喜，恭喜，令嫒今天打扮得好漂亮！"事后季淑还应邀到她的新房去探视过一次，回来告诉我说，她生活清苦，斗室一间，只有一个二尺见方的木板窗。

季淑酷嗜山水，虽然步履不健，尚余勇可贾。

几次约集朋友们远足，她都兴致勃勃，八卦山、观音山、金瓜石、狮头山等处都有我们的游踪。看到林木、山石、海水，她都欢喜赞叹。不过因为心脏较弱，已不善登陟。在这个时候，我发现我染有糖尿症，她则为风湿关节炎所苦，老态渐臻，无可如何。

云和街的房子有一重大缺点，地板底下每雨则经常积水，无法清除，所以总觉得室内潮气袭人，秋后尤甚，季淑称之为水牢。这对于她的风湿当然不利。一九五八年夏，文蔷赴美游学，家里顿形凄凉，我们有意改换环境。适有朋友进言，居住公家的日式房屋既不称意，何不买地自建房屋？我们心动。于是季淑天天奔走，到处看房看地。我们终于决定买下了安东街三〇九巷的一块地皮，于一九五九年一月迁入新居。

最熟的三五朋友偶然来家午膳，季淑常以馅饼飨客，包制馅饼之法她得到母亲的真传，皮薄而匀，不干不破，客人无不击赏，他们因自号为"馅饼小姐"。

十五

我岂不知"求田问舍，怕应羞见，刘郎才气"？只因季淑病躯需要调养，故乃罄其所有，营此小筑。地皮不大，仅一百三十余坪。请同学、友人陆云龙先生鸠工兴建，图样是我们自己打的。我们打图的计划是，房求其小，院求其大，因为两个人不需要大房，而季淑要种花木，故院需宽敞。室内设计则务求适合我们的需要。她不喜欢我独自幽闭在一间书斋之内，她不愿扰我工作，但亦不愿与我终日隔离，她要随时能看见我。于是我们有一奇怪的设计，一联三间房，一间寝室，一间书房，中间一间起居室，拉门两套虽设而常开。我在书房工作，抬头即可看见季淑在起居室内闲坐，有时我晚间工作，亦可看见她在床上躺着。这一设计满足了我们的相互的愿望。季淑坐在中间的起居室，我曾笑她像是蜘蛛网上的一只雌蜘蛛，盘据网的中央，窥察四方的一切动静，照顾全家所有的需要，不愧为名副其实的一家之主。

不出半年，新屋落成。金圣叹《三十三不亦快哉》，其中之一是："本不欲造屋，偶得闲钱，试造一屋，自此日为始，需木，需石，需瓦，需砖，需灰，需钉，无晨无夕，不来聒于两耳。乃至罗雀掘鼠，无非为屋校计，而又都不得屋住，既已安之如命矣。忽然一日屋竟落成，刷墙扫地，糊窗挂画；一切匠作出门毕去，同人乃来分榻列坐，不亦快哉！"我们之快哉则有甚于此者。一切委托工程师，无应付工人之烦，一切早有预算，无临时罗掘之必要。唯一遗憾的是房屋造得太结实，比主人的身体要结实得多，十三年来没漏过雨水，地板没塌陷过一块，后来拆除的时候很费手脚。落成之后，好心的朋友代我们做了庭园的布置，草皮花木应有尽有。季淑携来一粒面包树的种子，栽在前院角上，居然苗长甚速，虽经台风几番摧毁，由于照管得法，长成大树，因为是她所手植，我特别喜爱它。

云和街的房子空出来之后，候补迁入的人很多，季淑坚决主张不可私相授受，历年修缮增建所耗亦无需计较索偿，所以我无任何条件，于搬出之日将钥匙送归学校，手续清楚。季淑则着手打扫清洁，不使继居者感到不便。我们临去时对那棵大面包树频频回顾，不胜依依。后来路经附近一带，我们也常特为绕道来此看看这棵树的雄姿是否无恙。

住到新房里不久，季淑患蜀行疹（俗名转腰龙），腰上生一连串的小疱，是神经末梢的发炎，原因不明，不外是过滤性病毒所致，西医没有方法治疗，只能镇定剧痛的感觉。除了照料她的饮食之外，我爱莫能助。有一位朋友来探病，把我拉到一边告诉我说："此病不可轻视，等到腰上的一条龙合围一周，人就不行了。"又有一位朋友笑嘻嘻的四下打量着说："有这样的房子住，就是生病也是幸福。"
这病拖延十日左右，最后有朋友介绍南昌街一位中
医华佗氏，用他密制的药粉和以捣碎的瓮菜泥敷在
患处，果然见效，一天天的好起来了。介绍华佗氏
的这位朋友也为我的糖尿症推荐一个偏方：用玉蜀
黍的须子熬水大量饮用。我试了好多天，无法证明
其为有效。

　　说起糖尿症，我连累季淑不少。饮食无度，运
动太少，为致病之由。她引咎自责，认为她所调配
的食物不当，于是她就悉心改变我的饮食，其实医
云这是老年性的糖尿症，并不严重。文蔷寄来一册
《糖尿症手册》，深入浅出，十分有用，我细看不
止一遍，还借给别人参阅。糖是不给我吃了，碳水
化合物也减少到最低限度，本来炸酱面至少要吃两
大碗，如今改为一大碗，而其中三分之二是黄瓜丝
绿豆芽，面条只有十根八根埋在下面。一顿饭以两
片面包为限，要我大量的吃黄瓜拌粉。动物性脂肪
几乎绝迹，改用红花子油。她常感慨的说："有一

些所谓'职业妇女'者，常讥笑家庭主妇的职业是在厨房里，其实我在厨房里的工作也还没有做好。"事实上，她做得太好了。自来台以后，我不太喜欢酒食应酬，有时避免开罪于人非敬陪末座不可，季淑就为我特制三文治一个，放在衣袋里，等别人"式燕以敖"的时候，我就取出三文治，道一声"告罪"，徐徐啮而食之。这虽令人败兴，但久之朋友们也就很少约我赴宴。在这样的饮食控制之下，我的糖尿症没有恶化，直到如今我遵照季淑给我配制的食谱，维持我的体重。

我们不喜欢赌，赌具却有一副，那是我在北平买的一副旧的麻将牌。季淑家居烦闷，三五友好就常聚在一起消磨时间，赌注小到不能再小，八圈散场，卫生之至。夫妻同时上桌乃赌家大忌，所以我只扮演"牌僮"，一旁伺候，时而茶水，时而点心，忙得团团转。赌，不开始则已，一开始赌注必定越来越大，圈数必定越来越多，牌友必定越来越杂；同时这种游戏对于关节炎患者并不适宜。有一天季淑突然对我宣告："我从今天戒赌。"真的，从那一天起，真个不再打牌，以后连赌具也送人了，一张特制的桌面可以折角的牌桌也送人了，关于麻将之事，从此提都不提，我说不妨偶一为之，她也不肯。

对于花木，她的兴复不浅。后院墙角搭起一个八尺见方的竹棚（警察认为是违章建筑，但结果未被拆除），里面养了几十盆洋兰和素心兰。她最爱的是素心兰，严格讲应该是蕙，姿态可以入画，一缕幽香不时的袭人，花开时搬到室内，满室郁然。友人从山中送来一株灵芝，插入盆内，成为高雅的清供。竹棚上的玻璃被邻街的恶童一块块的击毁，不复能蔽风雨，她索性把兰花一盆盆的吊在前院一棵巨大的夹竹桃下，勉强有点阴凉，只是遇到连绵的雨水或酷寒的天气，便需一盆盆的搬进室内，有时半夜起来抢救，实在辛劳。玫瑰也是她所欣喜的，我们也有一些友人赠送的比较贵重的品种，遇有大风雨，她便用塑料袋把花苞一个个的包起来，使不受损。终以阳光太烈、土壤不肥，虽施专门的花肥，仍不能培护得宜。她常说："我们的兰花，不能和胡伟克先生家的相比，我们的玫瑰，不能和张棋祥先生的相比，但是我亲手培养的就格外亲切可爱。"可惜她力不从心，不大能弯腰，亦不便蹲下，园艺之事不能尽兴。院里有含笑一株，英文叫banana shrub，因花香略带甜味近似香蕉，是我国南方有名的花木。有一天，师大送公教配给的工友来了，他在门外就闻到了含笑的香气，他乞求摘下几朵，问他作何用途，他惨然说："我的母亲最爱此花，最近她逝世了，我想讨几朵献在她的灵前。"季淑大受感动，为之涕下，以后他每次来，不等他开口，只要枝上有花，必定摘下一盘给他。

季淑爱花草，不分贵贱，一视同仁。有一次在阳明山上的石隙中间看见一株小草，叶子像是竹叶，但不是竹，葱绿而挺俏，她试一抽取，连根拔出，遂小心翼翼的裹以手帕带回家里，栽在盆中灌水施肥，居然成一盆景。我作出要给她拔掉之状，她就大叫。

房檐下遮窗的雨棚，有几个铁钩子，是工程师好意安装的，季淑说："这是天造地设，应该挂几个鸟笼。"于是我们买了三四个鸟笼，先是养起两只金丝雀。喂小米，喂菜心，喂红萝卜，鸟儿就是不大肯唱。后来请教高人，才知道一雌一雄不该放在一起，要隔离之后雄的才肯引吭高歌。（不独鸟类如此，人亦何尝不然？能接吻的嘴是不想歌唱的。）我们试验之后，果然，但是总觉得这样摆布未免残忍。后来又养一种小鹦鹉，又名爱鸟，宽大的喙，整天咕咕的亲嘴。听说这种鹦鹉容易传染一种热病。我们开笼放生，不久又都飞回来，因为笼里有食物，宁可回到笼里来。之后，又养了一只画眉，这是一种雄壮的野鸟，怕光怕人，需要被人提着笼摇摇晃晃的早晨出去蹓跶。叫的声音可真好听，高亢而清脆，声达一二十丈以外。我们没有工夫遛它，有一天它以头撞笼流血而死。从此我们也就不再养鸟。在大自然的环境中，每见小鸟在枝头跳跃，季淑就驻足而观，喜不自禁。她喜爱鸟的轻盈的体态。

一九六○年七月，我参加"中美文化关系讨论会"赴美国西雅图，顺便到伊利诺州看新婚后的文蔷，这是我来台后第一次和季淑作短期的别离，约二十日。我的心情就和三十多年前在美国做学生的时代一样，总是记挂着她。事毕我匆匆回来，她盛装到机场接我，"铅华不可弃，莫是藁砧归"？她穿的是自己缝制的一件西装，鞋子也是新的。她已许久不穿旗袍，因为腰窄领硬很不舒服，西装比较洒脱，领胸可以开得低低的。她算计着我的归期，花两天的时间就缝好了一件新衣，花样、式样我认为都无懈可击。我在汽车里就告诉她："我喜欢你的装束。"小别重逢，"其新孔嘉，其旧如之何"？

一九六三年十二月十八日，有独行盗侵入寒家，持枪勒索，时季淑正在厨房预备午膳。文蔷甫自美国返来省亲，季淑特赴市场购得黄鳝数尾，拟做生炒鳝丝，方下油锅翻炒，闻警急奔入室，见盗正在以枪对我作欲射状。她从容不迫，告之曰："你有何要求，尽管直说，我们会答应你的。"盗色稍霁。这时候门铃声大作，盗惶恐以为缇骑到门，扬言杀人同归于尽。季淑徐谓之曰："你们二位坐下谈谈，我去应门，无论是谁，吾不准其入门。"盗果就坐，取钱之后犹嫌不足，夺我手表，复迫季淑交出首饰，她有首饰盒二，其一尽系廉价赝品，立取以应，盗匆匆抓取一把珠项链等物而去。当天夜晚，盗即就逮，于一月三日伏法。此次事件端赖季淑临危不乱，镇定应付，使我得以幸免于祸灾。未定谳前，季淑复力求警宪从轻发落，声泪俱下。碍于国法，终处极刑，我们为之痛心者累日。季淑的镇定的性格，得自母氏，我的岳母之沉着稳重，有非常人所能及者。

那盘生炒鳝丝，我们无心享受。事实上若非文蔷远路归宁，季淑亦决不烹此异味，因为宰割鳝鱼厥状至惨，她雅不欲亲见杀生以恣口腹之欲。我们两人在外就膳，最喜"素菜之家"，清心寡欲，心安理得。她常说："自奉欲俭，待人不可不丰。"

154

我有时邀约友好到家小聚，季淑总是欣然筹划，亲自下厨，她说她喜欢为人服务。最熟的三五朋友偶然来家午膳，季淑常以馅饼飨客，包制馅饼之法她得到母亲的真传，皮薄而匀，不干不破，客人无不击赏，他们因自号为"馅饼小姐"。有一回一位朋友食季淑亲制之葱油饼，松软而酥脆，不禁翘起拇指，赞曰："江南第一！"

季淑以主持中馈为荣，我亦以陪她商略膳食为乐。买菜之事很少委之佣人，尤其是我退休以后空闲较多，她每隔两日提篮上市，我必与俱。她提竹篮，我携皮包，缓步而行，绕市一匝，满载而归。市廛摊贩几乎无人不识这一对皤皤老者，因为我们举目四望很难发现再有这样一对。回到家里，倾筐倒篓，堆满桌上，然后我们就对面而坐，剥豌豆，掐豆芽，劈菜心……差不多一小时，一面手不停挥，一面闲话家常。随后我就去做我的工作，等到一声"吃饭"我便坐享其成。十二时午饭，六时晚饭，准时用餐，往往是分秒不爽，多少年来总是如此。

帮我们做工的W小姐，做了五年之后于归，我们舍不得她去，季淑为她置备一些用品，又送她一架缝纫机，由我们家里登上彩车而去。以后她还常来探视我们。

我的生日在腊八那一天，所以不容易忘过。天还未明，我的耳边就有她的声音："腊七腊八儿，冻死寒鸦儿，我的寒鸦儿冻死了没有？"我要她多睡一会儿，她不肯，匆匆爬起来就往厨房跑，去熬一大锅腊八粥。等我起身，热呼呼的一碗粥已经端到我的跟前。这一锅粥，她事前要准备好几天，跑几趟街才能勉强办齐基本的几样粥果，核桃要剥皮，瓜子也要去皮，红枣要刷洗，白果要去壳——好费手脚。我劝她免去这个旧俗，她说："不，一年只此一遭，我要给你做。"她年年不忘，直到来了美国最后两年，格于环境，她才抱憾的罢手。头一年腊八，她在我的纪念册上画了一幅兰花，第二年腊八，将近甲寅，她为我写了一个"一笔虎"，缀以这样的几个字：

华：

　　明年是你的本命年，

　　我写一笔虎，

　　祝你寿绵绵，

　　我不要你风生虎啸，

　　我愿你老来无事饱加餐。

季淑

　　"无事""加餐"，谈何容易！我但愿能不辜负她的愿望。

　　有一天我们闲步，巷口邻家的一个小女孩立在门口，用她的小指头指着季淑说："你老啦，你的头发都白啦。"童言无忌，相与一笑。回家之后季淑就说："我想去染头发。"我说："千万不要。我爱你的本色。头白不白，没有关系，不过我们是已经到了偕老的阶段。"从这天起，我开始考虑退休的问题。我需要更多的时间享受我的家庭生活，也需要更多的时间译完我久已应该完成的《莎士比亚全集》。在季淑充分谅解与支持之下，我于一九六六年夏奉准退休，结束了我在教育界四十年的服务。

八月十四日师大英语系及英语研究所同人邀宴我们夫妇于欣欣餐厅，出席者六十人，我们很兴奋也很感慨。我们于二十四日设宴于北投金门饭店答谢同人，并游野柳。退休之后，我们无忧无虑到处闲游了几天。最近的地方是阳明山，我们寻幽探胜，专找那些没有游人肯去的地方。我有午睡习惯，饭后至旅舍辟室休息，携手走出的时候旅舍主人往往投以奇异的眼光，好像是不大明白这样一对老人到这里来是搞什么勾当。有一天季淑说："青草湖好不好？"我说："管他好不好！去！"一所破庙，一塘泥水，但是也有一点野趣，我们的兴致很高。更有时，季淑备了卤菜，我们到荣星花园去野餐，也能度过一个愉快的半天。

我没有忘记翻译莎氏戏剧，我伏在案头辄不知时刻，季淑不时的喊我："起来！起来！陪我

到院里走走。"她是要我休息。于是相偕出门赏
玩她手栽的一草一木。我翻译莎氏，没有什么报
酬可言，穷年累月，兀兀不休，其间也很少得到
鼓励，漫漫长途中陪伴我、体贴我的只有季淑一
人。最后三十七种剧本译竟，由远东图书公司出版。
一九六七年八月六日，承朋友们的厚爱，以"中国
文艺协会""中国青年写作协会""台湾省妇女
写作协会""中国语文学会"[1]的名义发起在台北
举行庆祝会。到会者约三百人，主其事者是刘白如、
赵友培、王蓝等几位先生。有两位女士代表献花给
我们夫妇，我对季淑说："好像我们又在结婚似的。"
是日《中华日报》[2]有一段报导，说我是"三喜临
门"："一喜，三十七本莎翁戏剧出版了，这是台
湾省[3]的第一部由一个人译成的全集；二喜，梁实
秋和他的老伴结婚四十周年；三喜，他的爱女梁文

---

1 应为：台湾中国文艺协会、台湾中国青年写作协会、台湾妇女写作
   协会、台湾中国语文学会。——编者
2 应为：台湾《中华日报》。——编者
3 应为：台湾地区。——编者

蔷带着丈夫邱士燿和两个宝宝由美国回来看公公。"
三喜临门固然使我高兴，最能使我感动的另有两件
事，一是谢冰莹先生在庆祝会中致词，大声疾呼：
"莎氏全集的翻译完成，应该一半归功于梁夫人！"
一是《世界画刊》的社长张自英先生在我书房壁上
看见季淑的照片，便要求取去制版，刊在他的第
三百二十三期画报上，并加注明："这是梁夫人程
季淑女士——在四十二年前——年轻时的玉照，大
家认为梁先生的成就，一半应该归功于他的夫人。"
他们二位异口同声说出了一个妻子对于她的丈夫之
重要。她容忍我这么多年做这样没有急功近利可图
的工作，而且给我制造身心愉快的环境，使我能安
心的专于其事。

　　文蔷、士燿和两个孩子在台住了一年零九个月，
给了我们很大的安慰，可是他们终于去了，又使我
们惘然。我用了一年的工夫译了莎士比亚的三部
诗，全集四十册算是名副其实的完成了，从此与莎
士比亚暂时告别。一九六八年春天，我重读近人

一篇短篇小说,题名是《迟些聊胜于无》(*Better Late Than Never*),描述一个老人退休后领了一笔钱带着他的老妻补做蜜月旅行,甚为动人,我曾把它收入我编的高中英语教科书,如今想想这也正是我现在应该做的事。我向季淑提议到美国去游历一番,探视文蔷一家,顺便补偿我们当初结婚后没有能享受的蜜月旅行。她起初不肯,我就引述那篇小说里的一句话:"什么,一个新娘子拒绝和她的丈夫做蜜月旅行!"她这才没有话说。我们于一九七〇年四月二十一日飞往美国,度我们的蜜月,不是一个月,是约四个月,于八月十九日返回台北,这是我们的一个豪华的扩大的迟来的蜜月旅行,途中经过俱见我所写的一个小册《西雅图杂记》。

我有凌晨外出散步的习
惯，季淑怕我受寒，尤其
是隆冬的时候，她给我缝
制一条丝绵裤，裤脚处钉
一副飘带，绑扎起来密不
透风，又轻又暖。

十六

我们匆匆回到台北，因为帮我们做家务的 C
小姐即将结婚，她在我们家里工作已经七年，平素
忠于职守，约定等我们回来她再成婚，所以我们的
蜜月不能耽误人家的好事。季淑从美国给她带来一
件大衣，她出嫁时赠送她一架电视机及家中一些旧
的家具之类。我们去吃了喜酒。她的父母对我们说
了一些话，我一句也听不懂，季淑听懂了其中一部
分：都是乡村人所能说出的简单而诚挚的话。我已
多年不赴喜宴，最多是观礼申贺，但是这一次是例
外，直到筵散才去。我们两年后离开台北，登车而
去的时候，她赶来送行，我看见她站在我们家门口

落下了泪。

我有凌晨外出散步的习惯，季淑怕我受寒，尤其是隆冬的时候，她给我缝制一条丝绵裤，裤脚处钉一副飘带，绑扎起来密不透风，又轻又暖。像这样的裤子，我想在台湾恐怕只此一条。她又给我做了一件丝绵长袍，在冬装中这是最舒适的衣服。第一件穿脏了不便拆洗，她索性再做一件。做丝绵袍不是简单的事，台湾的裁缝匠已经很少人会做。季淑做起来也很费事，买衣料和丝绵，一张一张的翻丝绵，做丝绵套，剪裁衣料，绷线，抹浆糊，撩边，钉纽扣，这一连串工作不用一个月也要用二十天才能竣事，而且家里没有宽大的台面，只能拉开餐桌的桌面凑合着用，佝着腰，再加上她的老花眼，实在是过于辛苦。我说我愿放弃这一奢侈享受，她说："你忘记了？你的狐皮袄我都给你做了，丝绵袍算得了什么？"新做的一件，只在阴历年穿一两天，至今留在身边没舍得穿。

说到阴历年，在台湾可真是热闹，也许是大家心情苦闷怀念旧俗吧，不知为什么有那么多的人竞相拜年。季淑是永远不肯慢待嘉宾的，起先是大清早就备好的莲子汤、茶叶蛋以及糖果之类，后来看到来宾最欣赏的是舶来品，她就索性全以舶来品待客。客人可以成群结队的来，走时往往是单人独个的走，我们双双的恭送到大门口，一天下来精疲力竭。但是她没有怨言，她感谢客人的光临。我的老家，自一九一二年起，就取消了"过年"的一切仪式。到台湾后季淑就说："别的不提，祖先是不能不祭的。"我觉得她说得对。一个人怎能不慎终追远呢？每逢过年，她必定治办酒肴，燃烛焚香，祭奠我的列祖列宗。她因为腿脚关节不灵，跪拜下去就站不起来，我在旁拉扯她一把。我建议给我的岳母也立一个灵位，我愿一同拜祭，略尽一点孝意，她说不可，另外焚一些冥镪便是。我陪同她折锡箔，我给她写纸包袱，由她去焚送。她知道这一切都是无裨实际的形式，但是她说："除此以外，我们对于已经弃养的父母还能做些什么呢？"

一般人主持家计，应该是量入为出，季淑说："到了衣食无缺的地步之后，便不该是'量入为出'，应该是'量入为储'，因为你不知道什么时候你将有不时之需。"有人批评我们说："你们府上每月收入多少，与你们的生活水准似乎无关。"是的，季淑根本不热心于提高日常的生活水准。东西不破，不换新的。一根绳，一张纸，不轻抛弃。院里树木砍下的枝叶，晒干了之后留在冬季烧壁炉。鼓励消费之说与分期付款的制度，她是听不入耳的。可是在另一方面，她很豪爽，她常说，"贫家富路"，外出旅行的时候决不吝啬；过年送出去的红包，从不缺少；亲戚子弟读书而膏火不继，朋友出国而资斧不足，她都欣然接济。我告诉她我有一位朋友遭遇不幸急需巨款，她没有犹豫就主张把我们几年的储蓄举以相赠，而且事后她没有向任何人提起。

俗语说："女主内，男主外。"我的家则无论内外，一向由季淑兼顾。后来我觉察她的体力渐不如往昔的健旺，我便尽力减少在家里宴客的次数，我不要她在厨房里劳累，同时她外出办事我也尽可能的和她偕行。果然，有一天，在南昌街合会，她从沙发上起立，突然倒在地上，到沈彦大夫诊所查验，血压高至二百四十几度，立即在该诊所楼上病房卧下，住了十天才回家。病房的伙食只是大碗面、大碗饭，并不考虑病人的需要，我每天上午去看她，送一瓶鲜橘汁，这是多少年来我亲手每天为她预备的早餐的一部分，再送一些她所喜欢的食物，到下午我就回家。这十天我很寂寞，但是她在病房里更惦记我。高血压是要长期服药休养的，我买了一个血压计，我耳聋听不到声音，她自己试量。悉心调养之下，她的情况渐趋好转，但是任何激烈的动作均行避免。

自从季淑患高血压，文蔷就企盼我们能到美国去居住，她就近可以照料。一九七二年国际情势急剧变化，她便更为着急。我们终于下了决心，卖掉房子，结束这个经营了多年的破家，迁移到美国去。但是卖房子结束破家，这一连串的行动牵涉很广，要奔走，要费唇舌，要与市侩为伍，要走官厅门路，这一份苦难我们两个互相扶持的承受了下来。于五月二十六日我们到了美国。

季淑说：“我们已经偕老，没有遗憾，但愿有一天我们能够口里喊着'一、二、三'，然后一起同时死去。”

十七

美国不是一个适于老年人居住的地方。一棵大树，从土里挖出来，移植到另外一个地方去，都不容易活，何况人？人在本乡本土的文化里根深蒂固，一挖起来总要伤根，到了异乡异地水土不服自是意料中事。季淑肯到美国来，还不是为了我？

西雅图地方好，旧地重游，当然兴奋。季淑看到了她两年前买的一棵山杜鹃已长大了不少，心里很欢喜。有人怨此地气候潮湿，我们从台湾来的人只觉得其空气异常干燥舒适。她来此后风湿性关节炎没有严重的复发过，我们私心窃喜。每逢周末，士燿驾车，全家出外郊游，她的兴致总是很高，咸水公园捞海带，植物园池塘饲鸭，摩基提欧轮渡码头喂海鸥，奥林匹亚啤酒厂参观酿造，斯诺夸密观瀑，义勇军公园温室赏花，布欧尔农庄摘豆，她常常乐而忘疲。从前去过加拿大维多利亚拔卓特花园，那里的球茎秋海棠如云似锦，她常念念不忘。但是她仍不能不怀念安东街寓所她手植的那棵面包树，那棵树依然无恙。我在一九七三年一月十一日（壬子腊八）戏填一首俚词给她看：

> 恼煞无端天末去。
>
> 几度风狂，不道岁云暮。
>
> 莫叹旧居无觅处，
>
> 犹存墙角面包树。
>
>
> 目断长空迷津渡。
>
> 泪眼倚楼，楼外青无数。
>
> 往事如烟如柳絮，
>
> 相思便是春常驻。

事实上她从来不对任何人有任何怨诉，只是有的时候对我掩不住她的一缕乡愁。

　　在百无聊赖的时候季淑就织毛线。她的视神经萎缩，不能多阅读，织毛线可以不太耗目力。在织了好多件成品之后，她要给我织一件毛衣，我怕她太劳累，宁愿继续穿那一件旧的深红色的毛衣，那也是她给我织的，不过是四十几年前的事了。我开始穿那红毛衣的时候，杨金甫还笑我是"暗藏春色"。如今这红毛衣已经磨得光平，没有一点毛。有一天她得便买了毛线回来，天蓝色的，十分美观，没有用多少工夫就织成了，上身一试，服服帖帖。她说："我给你织这一件，要你再穿四十年。"

　　岁月不饶人，我们两个都垂垂老矣。有一天，她抚摩着我的头发，说："你的头发现在又细又软，你可记得从前有一阵你不愿进理发馆，我给你理发，你的头发又多又粗，硬得像是板刷，一剪子下去，头发渣迸得满处都是。"她这几句话引我想起英国诗人彭士（Robert Burns）的一首小诗：

John Anderson My Jo

John Anderson my jo, John,

    When we were first acquent,

Your locks were like the raven,

    Your bonie brow was brent;

But now your brow is beld, John,

    Your locks are like the snow,

But blessings on your frosty pow,

    John Anderson my jo!

John Anderson my jo, John,

    We climb the hill thegither,

And monie a cantie day, John,

    We've had wi'ane anither;

Now we maun totter down, John,

    And hand in hand we'll go,

And sleep thegither at the foot,

    John Anderson my jo!

约翰·安德森，我的心肝

约翰·安德森，我的心肝，约翰，

　　想当初我们俩刚刚相识的时候，

你的头发黑得像是乌鸦一般，

　　你的美丽的前额光光溜溜；

但是如今你的头秃了，约翰，

　　你的头发白得像雪一般，

但愿上天降福在你的白头上面，

　　约翰·安德森，我的心肝！

约翰·安德森，我的心肝，约翰，

　　我们俩一同爬上山去，

很多快乐的日子，约翰，

　　我们是在一起过的；

如今我们必须蹒跚的下去，约翰，

　　我们要手拉着手的走下山去，

在山脚下长眠在一起，

　　约翰·安德森，我的心肝！

我们两个很爱这首诗，因为我们深深理会其中深挚的情感与哀伤的意味。我们就是正在"手拉着手的走下山"。我们在一起低吟这首诗不知有多少遍！

季淑怵上楼梯，但是餐后回到室内须要登楼，她就四肢着地的爬上去。她常穿一件黑毛绒线的上衣，宽宽大大的，毛毛茸茸的，在爬楼的时候我常戏言："黑熊，爬上去！"她不以为忤，掉转头来对我吼一声，作咬人状。可是进入室内，她就倒在我的怀内，我感觉到她的心脏扑通扑通的跳。

我们不讳言死，相反的，还常谈论到这件事。季淑说："我们已经偕老，没有遗憾，但愿有一天我们能够口里喊着'一、二、三'，然后一起同时死去。"这是太大的奢望，恐怕总要有个先后。先死者幸福，后死者苦痛。她说她愿先死，我说我愿先死。可是略加思索，我就改变主张，我说："那后死者的苦痛还是让我来承当吧！"她谆谆的叮嘱我说，万一她先我而死，我须要怎样的照顾我自己，诸如工作的时间不要太长，补充的药物不要间断，散步必须持之以恒，甜食不可贪恋——没有一项琐节她不曾想到。

我想手拉着手的走下山也许尚有一段路程。申请长久居留的手续已经办了一年多，总有一天会得到结果，我们将双双的回到本国的土地上去走一遭。再过两年多，便是我们结婚五十周年，在可能范围内要庆祝一番，我们私下里不知商量出多少个计划。谁知道这两个期望都落了空！

四月三十日那个不祥的日子！命运突然攫去了她的生命！上午十点半我们手拉着手到附近市场去买一些午餐的食物，市场门前一个梯子忽然倒下，正好击中了她。送医院急救，手术后未能醒来，遂与世长辞。在进入手术室之前的最后一刻，她重复的对我说："华，你不要着急！华，你不要着急！"这是她最后对我说的一句话，她直到最后还是不放心我，她没有顾虑到她自己的安危。到了手术室门口，医师要我告诉她，请她不要紧张，最好是笑一下，医师也就可以轻松的执行他的手术。她真的笑了，这是我在她生时最后看到的她的笑容！她在极痛苦的时候，还是应人之请做出了一个笑容！她一生茹苦含辛，不愿使任何别人难过。

我说这是命运，因为我想不出别的任何理由可以解释。我问天，天不语。哈代（Thomas Hardy）有一首诗《二者的辐合》（*The Convergence of the Twain*），写一九一二年四月十五日豪华邮轮"铁达尼"号在大西洋上做处女航，和一座海上漂流的大冰山相撞，死亡在一千五百人以上。在时间上、空间上配合得那样巧，以至造成那样的大悲剧。季淑遭遇的意外，亦正与此仿佛，不是命运是什么？人世间时常没有公道，没有报应，只是命运，盲目的命运！我像一棵树，突然一声霹雳，电火殛毁了半劈的树干，还剩下半株，有枝有叶，还活着，但是生意尽矣。两个人手拉着手的走下山，一个突然倒下去，另一个只好踉踉跄跄的独自继续他的旅程！

本文曾引录潘岳的《悼亡诗》，其中有一句：

"上惭东门吴"。东门吴是人名，复姓东门，春秋魏人。《列子·力命》："魏人有东门吴者，其子死而不忧。其相室曰：'公之爱子，天下无有，今子死，不忧何也？'东门吴曰：'吾常无子，无子之时不忧；今子死，乃与向无子同，臣奚忧焉？'"这个说法是很勉强的。我现在茕然一鳏，其心情并不同于当初独身未娶时。多少朋友劝我节哀顺变，变故之来，无可奈何，只能顺承，而哀从中来，如何能节？我希望人死之后尚有鬼魂，夜眠闻声惊醒，以为亡魂归来，而竟无灵异。白昼萦想，不能去怀，希望梦寐之中或可相觏，而竟不来入梦！环顾室中，其物犹故，其人不存。元微之《悼亡诗》有句："惟将终夜常开眼，报答平生未展眉！"我固不仅是终夜常开眼也。

季淑逝后之翌日，得此间移民局通知前去检验体格，然后领取证书；又逾数十日得大陆子女消息。我只能到她的坟墓去涕泣以告。六月三日师大英语系同人在台北善导寺设奠追悼，吊者二百余人，我不能亲去一恸，乃请陈秀英女士代我答礼，又信笔写一对联寄去，文曰："形影不离，五十年来成梦幻；音容宛在，八千里外吊亡魂。"是日我亦持诵《金刚经》一遍，口诵"一切有为法，如梦、幻、泡、影，如露亦如电，应作如是观"，而我心有驻，不能免于实执。五十余年来，季淑以其全部精力、情感奉献给我，我能何以为报？秦嘉《赠妇诗》：

诗人感木瓜，乃欲答瑶琼。

愧彼赠我厚，惭此往物轻。

虽知未足报，贵用叙我情。

缅怀既往，聊当一哭！衷心伤悲，掷笔三叹！

一九七四年八月二十九日于美国西雅图

怀念先父梁实秋

日月如梭，一九八八年十一月三日是先父梁实秋去世一周年。

　　生离死别是人生一大痛苦，但又是无法避免的，如何怀念先父寄托哀思，我想回忆往事，恍如爸爸音容宛在，或可得到一些解脱。自言自语向爸爸诉说衷情，虽说冥冥之中没人能听到这一切，但是自我感觉，也有解脱之意。妹妹写了不少回忆先父的文章，但由于妹妹比我小六岁，所以妹妹记事以前六年的情况，我记忆的就多一些了，写一点补其不足。

　　爸爸一生俭朴，勤俭持家是中国人的美德，爸爸妈妈很有中国人特色，生活上是不讲排场的。一九二七年我出生在上海，当时我家只住最简单的一楼一底的房子，后来听爸爸说妈妈生我没去医院，是爸爸请了个接生大夫来把我接生下来。爸爸抱着我种牛痘，大夫医术不高明，把我小胳臂用刀子连续刮破了一大块，流血不止。后来爸爸说："当时我紧紧抱着你，手直哆嗦，流那么多血，我真想说别种牛痘了。"真的，至今我的左胳臂上还留下一寸见方的一块大疤痕。小时爸爸常抚摩我的左胳臂说我有记号丢不了啦！谁能想到长大以后爸爸去台北，我留北京，天各一方，却丢了四十年哪。唉！如果四十年后重逢，爸爸还会认出我的记号。

一九三〇年，我们全家随父去青岛，住了四年。青岛是个清洁美丽的城市，海洋性气候，冬暖夏凉，环境幽美，适合居家小住，也是避暑胜地。当时爸爸在青岛大学教书，天天走小路步行到校，从不坐车，身上一年四季都穿中式裤褂，外加长袍。记得有一次走小路赴校，小路草丛中忽然唰唰的爬出一条大蛇，爸爸见状大惊，急忙躲闪。幸喜没有交锋它便向一侧草深处爬去。从此以后爸爸购了一根竹手杖，每天上班作护身之用，而每和孩子们谈此事，必做一拨草寻蛇的架势，告诉我们遇险之经过，孩子们听得入神，都抢爸爸那根手杖来玩。但后来没想到我会身受其杖。事情是这样，我小时爸爸管教甚严，不许在墙身柱角胡乱涂刻。一天下午爸爸午睡，我在描红模子，低头看墨极黑，抬头看墙极白，当时幼稚的我就想如在白白的墙上涂一个黑黑的十字，一定很好看。于是端个小凳子，站上去画了个十字，虽不太端正，但黑白分明，十分耀眼。没想到我正在欣赏我的艺术作品，爸爸午睡醒来由楼上下来，一眼看见我的艺术品，不但没有奖励我，反而勃然大怒，令我罚跪不起，责之以杖。我吓哭了，哭了半天没人理我，便跪地沉沉睡去。外婆见状不忍，用小刀把黑十字轻轻刮掉了。我一觉醒来发现我那倒霉的艺术品已不翼而飞，此事才作罢论。自此以后，我至今已六十多岁，始终不敢在墙上题××到此一游的墨迹，看见别人乱涂，我也下意识的联想到严父的竹手杖。此之谓家教。

在青岛住，离不开海，爸爸也喜欢大海，每逢星期日必领孩子们去第一公园，看老虎、看樱花、吃棉花糖，然后到海滨游泳。细软的沙滩，蓝色的大海，看那波涛汹涌的涨潮和落潮。水涨时爸爸领着我们迎浪漂流，水落时爸爸休息躺在沙滩上晒太阳，我们便在石头缝里抓小蟹和捡那五光十色的漂亮贝壳。太阳西下了，孩子们还玩儿不够，爸爸便一个一个追我们，追上领我们去冲淡水澡。我多想还叫爸爸拉着我的手走，背后留下一条长长的人生的脚印。五十多年后，就在前几年我去青岛还独自去过海滩，仿佛还希望能找到那长长的一条脚印。不管怎样，我在海滩上留下一张照片，寄给了爸爸。在那张照片中，海水很平静，有微风，水蓝蓝的，一望无际，那边就是爸爸，生前嘱死后葬在高地能望见海，我们儿时的海，亲爱的大海，希望你能送去女儿无限的怀念。谢谢大海，有机会我还会去看海。

　　在青岛住了四年以后，爷爷来信说北京家里

人少，荒凉得院子里跑黄鼠狼，意思是叫我们回去，爸爸听爷爷的话，真的回北京了。先住大取灯胡同一号，后又因家里人多，迁到内务部街二十号住。爷爷奶奶住里院，我们和爸爸妈妈住外院，西南角的小院里一间南屋是爸爸的书房，对面是卧房。爸爸书房里摆满了书，东边满墙一排大书架子，南边两个玻璃书架子，西边一个黑色玻璃书柜，一个洋榆木的四层书架，室中放一张大书桌子，除文房四宝外左右是巨型的几本大字典，中间放一盆文竹。爸爸就是在这个书房里，翻译了许多本莎士比亚的戏剧。他天明即起，日没而息，笔耕一生，老舍夫人说实秋文章等身，其实我知道，何止等身呢？

七七事变，卢沟桥一声炮响，抗日战争开始，爸爸认为天下兴亡，匹夫有责，以一介书生意想投笔从戎。深夜和妈妈长谈计议，如何安排好我们三个孩子的生活，爸爸打算到后方去参加抗日工作。我记得那是一个不眠之夜，我缩在被窝里，偷偷听爸爸和妈妈说话，那时我将十岁不太懂事，但看他们俩那副严肃的神情和低声滔滔不绝的商量事情，我心里也预感将要有什么大事发生。是的，果然不久爸爸就一个人毅然决然的走了。妈妈没有哭，但很紧张，我问妈妈："爸爸干吗去？"妈妈小声告诉我说"打日本"。中国的知识分子绝大部分是爱国的，爸爸也不例外。小时候的事情不容易忘，爸爸的举动对我教育深刻，作为父亲，他爱孩子，作为一个中国人，他更爱自己的国家，对此我深深受益。

一九四八年我二十一岁时，爸爸带小妹、弟弟赴上海转广州后去台湾，只留我在北京大学继续攻读。记得十分清楚，我去送爸爸上火车，小妹文蓍哭得抬不起头来，弟弟愣着不言语，只有爸爸含泪隔着火车的窗户对我招手，只说了一句"保重"，隔着眼镜我也看见爸爸眼睛红红的流下泪珠。火车开动了，越走越快，这时我忽然想起还有一句话要说，便拼命的跑啊跑啊追火车，赶上去大声喊："爸爸你胃不好，以后不要多喝酒啊！"爸爸大声回答我说："知道了！"火车越走越远，一缕青烟，冉冉南去，谁能想到这一分手就是四十年。

大概是一九七四年爸爸辗转打听到我的住址，从此转信往来，才知道彼此的消息。爸爸上百封的来信，几乎每封信都嘱我戒烟酒，信中还告诉我说："你在火车站追着嘱咐我不要多喝酒了，我至今没忘，现在真的不喝酒了，你可以放心。"我当时想，爸爸真好记性，几十年前的一句话，记忆犹新。爸爸对女儿的感情是这样珍惜，现在想起来我高兴，但也辛酸。

一九八二年夏天，我去西雅图小妹文蔷家，爸爸由台湾也乘机去了，在西雅图重逢。三十多年的离别之苦，一时就化为流着眼泪的欢乐。在怀念爸爸的日子里，不会忘记在西雅图这两周的相聚，好多话要说，说不完的话，时间不长，要去妈妈墓地献花，要去参观游览市容，还想买点东西，爸爸陪我一天累得要命。他已经是八十多岁的老人，远涉重洋由台北到西雅图，坐十几个小时的飞机，但他精神还那么好，依然是早起遛弯儿看报，晚上九点以前必上床看书就寝，我暗暗祝福老人家健康长寿。我带给他一幅老舍夫人写的"健康是福"四个大字，他很喜欢，拿回台湾在《联合报》上刊出了。短短两周时间，转眼即逝，这次却是爸爸送我上机场，飞机快起飞了，我们像有许多话哽咽在喉头说不出来，爸爸一直送我到机舱门口，再不能进去了，他手扶着飞机门框，又沉重的对我说了一句"保重"。这是我最后听见爸爸的声音，充满了感情的声音，我永远不能忘记的声音。

死别之苦有甚于生离，一九八七年十一月三日，电话铃响，在美国西雅图的小妹文蔷打来长途电话。我听见她说是小妹，但又半晌无声，我突然明白了，再问果然小妹呜咽的告诉我爸爸过世的噩耗，我猛的坐下来，觉得昏昏沉沉。我想去看爸爸。但我能做到的只是希望能在爸爸的坟墓上，献上一束鲜花，以尽女儿哀悼之情。

怀念至此，泪下，停笔。

梁文茜

梁实秋（1903—1987）

中国散文家、文学评论家、翻译家。原名治华，浙江杭州人，生于北京。1915 年就学于清华学校（今清华大学）。1923 年留学美国。回国后，曾先后任教于东南大学、暨南大学、青岛大学、北京大学等校，主编《时事新报》副刊《青光》、《益世报》副刊《文学周刊》、《中央日报》副刊《平明》等。一度主编《新月》月刊。创作以散文小品著称，风格朴实隽永，有幽默感，以《雅舍小品》为代表作。1949 年后曾任台湾省立师范学院（今台湾师范大学）英文系主任、文学院院长。主要著作尚有散文集《雅舍小品》（续集），文学评论集《浪漫的与古典的》《文学的纪律》《秋室杂文》，译著《莎士比亚全集》等。主编《远东英汉大辞典》。

况晗

1961 年生于江西宜丰，中国美术家协会会员。他的宽线条铅笔画被业内外人士公认为最能表达出真正的老北京胡同感觉。多次在国内外举办画展，出版有《留住胡同——况晗宽线条铅笔画作品选》《消失的胡同——铅笔画中的北京风貌》《树影 鸽子 人：胡同北京的生趣与乡愁》等。国内外媒体做过专题报道，作品被世界各地博物馆、美术馆、艺术机构、艺术鉴赏家收藏。

图书在版编目（CIP）数据

槐园梦忆 / 梁实秋著. -- 北京：中国青年出版社，
2024.11. -- ISBN 978-7-5153-7400-0

Ⅰ. I266

中国国家版本馆CIP数据核字第20248BN267号

责任编辑：杜海燕
插　　图：况　晗
书籍设计：瞿中华

出版发行　中国青年出版社
社　　　址：北京市东城区东四十二条21号
网　　　址：www.cyp.com.cn
编辑中心：010-57350503
营销中心：010-57350370
经　　　销：新华书店
印　　　刷：北京富诚彩色印刷有限公司
规　　　格：787mm×1092mm　1/32
印　　　张：6.75
字　　　数：66千字
版　　　次：2024年11月北京第1版
印　　　次：2024年11月北京第1次印刷
定　　　价：39.00元

如有印装质量问题，请凭购书发票与质检部联系调换
联系电话：010-57350337